U0075564

鴻儒堂的日本語工具書・HJT Press Japaness Textbook Series

日本語能力測驗1級對應

上級

日本語測驗

STEP UP

進階問題集

自我 ☑ 評量法

Self-graded
Japanese Language Test
Progressive Exericises
Advanced Level

step up

星野惠子・辻 和子・村澤慶昭 著

鴻儒堂出版社

前言

　　面臨「日本語能力測驗」卻又不知從何準備起？或已經著手準備，但對自己的實力仍有不足之感的學習者們，請務必研讀此書，以提昇你的實力。

本書的特色

①收錄豐富的 1 級題庫

　　本書中收錄許多「日本語能力測驗」1 級程度之《文字‧語彙》《文法》《讀解》等各式題目，且題型與正式測驗相同，有助擬提早適應考試。

②階段式學習逐級而上

　　題目分階段匯整，便於安排學習計劃，幫助你由淺入深，節省時間以增進效果。在《文字‧語彙》中，由「名詞」至「副詞及其他」分為 5 節；《文法》則將形式相似，意思相近者分為 16 節；《讀解》則區分為短文、段落重組和長文等三大類題。

③可自我計分測試目前實力

　　每節後面都有解答和成績欄，馬上可以核對答案，再由成績欄中答對的%，馬上可以了解自己目前的實力和弱點。

④要領解說

　　在《文法》與《讀解》題目中附有解說，協助你掌握答題要領。你可按照〈確認問題之重點→解題→核對→得知成績〉的流程，充分利用解說、解題方法等來提昇實力。

　　2000 年 7 月

編者 啓

目　録

【實力評定測驗】

【文字・語彙】

【文法】

【讀解】

【模擬測驗】

本書的使用方法

本書由以下五個部分構成：

1【實力鑑定測驗】、2【文字‧語彙】、3【文法】、4【讀解】、5【模擬測驗】

首先，請先利用【實力鑑定測驗】測出自己的實力。接著，請研讀本書中【文字‧語彙】【文法】【讀解】各頁，最後再透過【模擬測驗】檢測實力。「日本語能力測驗」1級的最低及格標準為 70%，而你最好將目標訂在 80%，若無法達到此一目標，則再回到前面，重新研讀【文字‧語彙】【文法】【讀解】各部分。

【文字‧語彙】

【文字‧語彙】由以下各部分構成：

① 「重要名詞 100」之 1－第 1 節

② 「重要名詞 100」之 2－第 2 節

③ 「重要動詞 100」－第 3 節

④ 「重要動詞 100」－第 4 節

⑤ 「重要動詞 100」－第 5 節

⑥綜合問題

各部分之構成，大致如下：

語句‧漢字確認頁

確認你是否了解 100 個單字的意思和用法及其漢字，若不知道的字或記憶模糊的字則打 X，再查字典。之後再利用「漢字檢測」欄來核對，若無漢字標記的字，在題號後面會有（－）之標示。

挑戰漢字

計有問題 I 和 II 是漢字選擇，問題 III 和 IV 是假名選擇問題，大部分都是歷屆考古題相同形式之題目。

挑戰語彙

問題 I 是在空白欄中填入適當的單字，問題 II 是多義語的問題，本類題目係與實際測驗一樣的題型。

綜合問題

綜合名詞、動詞、形容詞、副詞等問題，除第 1~5 節各 100 個單字外，沒有出現過的單字問題亦有列入。

【文法】

【文法】由以下各部分構成：

① 文法檢測 150 題

有關高級程度之 120 個句型問題和其它介乎中高級間的問題組成，可確認你是否對高級之句型一一了解。

② 第 1~16 節

將高級句型中「文型相近」「意思類似」者分為 16 節，係根據日本語能力測驗的出題範圍，故可以實際掌握文型。各節約占 2 頁左右，左頁為題目，右頁為解說，包括意思、特徵、例句與解答。當你做完題目可立即計分，檢測實力。若成績在 80%以上，則只需參閱右頁之解說，確認錯誤之處即可，若成績在 80%以下，則要詳閱右頁全部之解說，致力於理解其意了。

③ 綜合問題 1、2

將所學之各節再做一次綜合性的測驗，各回題目後面均附有解答，作答完畢可立即核對並計算成績，與「日本語能力測驗」1 級相當的中極程度，70%是及格最低標準，但請你將自己的標準提高至 80%，有作錯的地方，務必再回頭至各節中，確認其句型的意思和正確的使用方法。

日本語能力測驗《文法》之中級程度裡涵蓋的出題範圍相當廣，其句型有 120 個以上之多。每年從裡頭出 30~36 個左右，而其它的句行亦散見於讀解與文字‧語彙的題目中。此外，讀解或文字‧語彙的題目中亦有出現初、中級程度的句型和表現法，尤其是敬語，初級程度學過的，往後亦常以複合題形式再出現，其它形容詞、名詞、特殊用語等亦同，對初、中級的文法‧語彙亦不可放過，要記得複習。

此外，高級程度之句型幾乎都是文章體，和中級程度相較，其意思和用法有其特徵。不過若是能掌握出題範圍來準備《文法》，應能確實拿分。請你充分準備，在本書的成績評定標準下，至少要拿到 80%以上才行。

【讀解】

【讀解】是由以下部分構成：

① 第 1 節「短文篇」

例題+解法+解答・解說

問題+填充+解答

② 第 2 節「圖表篇」

例題+解法+解答・解說

問題+填充+解答

③ 第 3 節「長文篇」

例題+解法+解答

問題+填充

④ 綜合問題

「日本語能力測驗」之《讀解》上級和中級的出題方式是一樣的，包括長文和短文兩部分，將段落重組的題目過去也常出。長文部分多爲論說文、隨筆等，不管適合類型的文章，都需在短時間內閱讀相當份量的文章後思考問題的解答，故非具備有較佳的讀解能力、語彙能力與漢字知識，否則無法取得高分。至於要如何準備呢？當然要先大量的閱讀，而且不僅僅是閱讀，更要緊的是要讀有閱讀測驗的文章，作讀後答題的訓練。

本書【讀解】之例題皆附有解題方法和解說。當你答錯時，請閱讀解說，確認正確答案。此外，「挑戰題」中有填充，你能作答之後，便養成尋找正確答案之技巧。

※ 各節的成績

問題之解答皆列於各節之後，(【讀解】部分則全部整理在 3 節結束後) 得分表中，上面爲分數，下面爲%，自己得到幾分可用色筆作記號，一目了然。

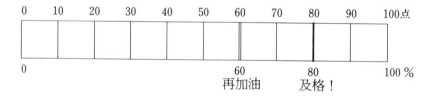

実力判定テスト

文字・語彙

問題Ⅰ　次の文の下線をつけた漢字は、ひらがなでどう書きますか。それぞれの１・２・３・４か
ら一つ選びなさい。

問１　彼が作った家具には、(1)凝った(2)細工が(3)施されている。

(1) 凝った　　１．こった　　　２．こまった　　３．うたがった　４．うがった

(2) 細工　　　１．しこう　　　２．さいこう　　３．さいく　　　４．ほそく

(3) 施されて　１．しされて　　２．せされて　　３．なされて　　４．ほどこされて

問２　どんな簡単な(1)治療でも、ちょっとした(2)過ちで(3)尊い命を奪ってしまうことがある。

(1) 治療　　　１．じりょう　　２．ちりょう　　３．いりょう　　４．たいりょう

(2) 過ち　　　１．あやまち　　２．かち　　　　３．すごち　　　４．たち

(3) 尊い　　　１．そんい　　　２．たとい　　　３．とうとい　　４．たかい

問３　野菜や果物には発ガンを(1)抑制する(2)作用をもつ物質が含まれている。

(1) 抑制　　　１．ようせい　　２．よくせい　　３．よっせい　　４．よせい

(2) 作用　　　１．さくよう　　２．さくよ　　　３．さよ　　　　４．さよう

問題Ⅱ　次の文の下線をつけた言葉は、漢字（漢字とひらがな）でどう書きますか。それぞれの
１・２・３・４の中から一つ選びなさい。

問１　彼は(1)ゆうずうがきかない(2)がんこな性格で、物事に(3)じゅうなんに対応することができない。

(1) ゆうずう　　１．有数　　　２．優数　　　３．融通　　　４．遊通

(2) がんこ　　　１．頑固　　　２．元固　　　３．岩固　　　４．顔固

(3) じゅうなん　１．従難　　　２．柔軟　　　３．柔転　　　４．従南

問２　(1)しゅのう会議の会場には(2)しゅうしなごやかな雰囲気が(3)ただよっていた。

(1) しゅのう　　１．主能　　　２．首脳　　　３．主脳　　　４．首能

(2) しゅうし　　１．終始　　　２．修士　　　３．集氏　　　４．収支

(3) ただよって　１．漂って　　２．伺って　　３．滞って　　４．在って

問３　上司を(1)あざむくような行為をした以上、彼の辞職は(2)まぬがれないだろう。

(1) あざむく　　１．旗く　　　２．欺く　　　３．淇く　　　４．期く

(2) まぬがれ　　１．逃れ　　　２．免れ　　　３．脱れ　　　４．避れ

問題III 次の文の_____の部分に入れるのに最も適当なものを、1・2・3・4から一つ選びなさい。

(1) 子供の教育をめぐって夫と妻の意見が合わず、_____いる。

    1．もめて   2．こめて   3．こりて   4．とげて

(2) 高島氏は次の選挙に_____するものと見られている。

    1．参入   2．出場   3．関心   4．立候補

(3) 当社では、_____の長いパイロットがみなさまに安全なご旅行をお約束します。

    1．キャリア   2．キャプテン   3．インテリ   4．エンジニア

(4) この度の不正事件に関して、政治家に弁解の_____はまったくない。

    1．天地   2．生地   3．下地   4．余地

(5) 買ったばかりの服にコーヒーをこぼして、服を_____にしてしまった。

    1．禁物   2．無駄   3．台無し   4．無茶

(6) 12月31日、電車は_____運転をいたします。

    1．終日   2．全日   3．昼夜   4．徹夜

(7) もっと早く病院に行っていれば、_____にならないですんだのに。

    1．手がかり   2．手おくれ   3．お手上げ   4．立ちおくれ

(8) 借金が_____ために、その男はとうとう自殺をしてしまった。

    1．ねたんだ   2．かさんだ   3．つんだ   4．たくわえた

(9) 暖かい昼下がり、授業中つい_____をしてしまった。

    1．うたたね   2．ほんね   3．睡眠   4．仮眠

(10) 服装が_____からといって、貧しい人であるとは限らない。

    1．うっとうしい   2．みすぼらしい   3．すがすがしい   4．あさましい

(11) 赤と緑は互いに反発し合い、_____が強い。

    1．コンテスト   2．コントロール   3．コメント   4．コントラスト

文法

問題Ⅰ　次の文の（　　　　）に入る最も適当なものを、1・2・3・4から一つ選びなさい。

(1) いつも遅刻する彼女の（　　　）、今日もまた遅刻だろう。

　　1．ことか　　　　　2．ことゆえ　　　　3．ことから　　　　4．ことなく

(2) ほしいと言えばあげた（　　　）、どうして言わなかったの。

　　1．ものの　　　　　2．ものだ　　　　　3．ものを　　　　　4．ものなら

(3) 彼女は一度言い出した（　　　）、決して意志を曲げることのない人だ。

　　1．ところで　　　　2．きり　　　　　　3．としても　　　　4．が最後

(4) その子はたいへん賢く、教える（　　　）覚えてしまう。

　　1．かたわら　　　　2．そばから　　　　3．かたがた　　　　4．ながらも

(5) 結婚した息子は、手紙は（　　　）、電話さえかけてこない。

　　1．かまわず　　　　2．ひきかえ　　　　3．おろか　　　　　4．とにかく

(6) まったく、この子と（　　　）親の言うことをちっとも聞かない。

　　1．いったら　　　　2．きたら　　　　　3．すれば　　　　　4．したら

(7) 経費削減のため、紙一枚（　　　）無駄にしないこと。

　　1．だけとも　　　　2．だけしか　　　　3．たるとも　　　　4．たりとも

(8) あの程度の雨量で大洪水が起こるとは、だれも予想（　　　）しなかった。

　　1．のみ　　　　　　2．こそ　　　　　　3．だに　　　　　　4．しか

(9) 友達とけんかでもしたらしく、娘は帰ってくる（　　　）泣き出した。

　　1．とあって　　　　2．なり　　　　　　3．とたん　　　　　4．そばから

(10) 言葉には表れない（　　　）、不賛成の意向は彼の態度から十分読める。

　　1．として　　　　　2．わけで　　　　　3．までも　　　　　4．ものを

(11) 「世の中、金がすべて」とはいっても、愛情（　　　）とても生きてはいけない。

    1．ことなく   2．をかぎりに   3．ばかりに   4．なくして

(12) 今年度の試験は、昨年度（　　　）難しくなっている。

    1．にもまして   2．にたいして   3．をもとにして   4．をものともせず

(13) 何分初めてのこと（　　　）、行き届かぬこともあろうかと思います。

    1．さえ   2．から   3．なく   4．とて

(14) さんざん考えた末に、私（　　　）作った企画がこれです。

    1．だけに   2．ともなると   3．しだいで   4．なりに

(15) 国民の期待というプレッシャーの大きさは想像（　　　）、彼女はそれを見事に克服して、金メダルを獲得した。

    1．しないまでも   2．にかたくないが   3．にたえないが   4．もさることながら

問題Ⅱ　次の文の（　　　）に入る最も適当なものを、1・2・3・4から一つ選びなさい。

(1) 一度客の信用を（　　　）、もう店の営業は成り立たなくなる。

    1．失うかぎり   2．失えば失うほど   3．失おうものなら   4．失うにしたがって

(2) 彼女は「さあ、帰れ」と（　　　）玄関のドアを開けた。

    1．言わんばかりに   2．言ったところで   3．言ったばかりに   4．言うまでもなく

(3) 定年まで勤め上げた（　　　）、老後の生活の保障があるわけではない。

    1．につけても   2．としたところで   3．にしては   4．にはかかわりなく

(4) 大金持ち（　　　）、十分豊かな生活ができるのだからいいじゃないか。

    1．ではあるまいし   2．かと思うと

    3．はともかくとして   4．とはいえないまでも

(5) 現状に即した対策を（　　　）、理論だけが空回りしている。これでは事態を打開することは難しい。

    1．立てたばかりに   2．立てるともなく

    3．立てるべきところを   4．立てるかたわら

読解

問題Ⅰ　次の文章を読んで、後の問いに答えなさい。答えは、1・2・3・4から最も適当なもの
　　　　を一つ選びなさい。

　「物を学ぶには、学校へ行かなければだめだ」と信じている人がいる。確かに、「学ぶ」ことにおい
て、学校のしめる位置は大きい。しかし、学校だけが物を学ぶ場所ではないことも事実であろう。
　物を効率よく教えるためには、ある程度のパターン化が必要だから、そこに物事の一般化とか抽象
　　　(注1)
化ということがおこる。ところが、個々人が日々に直面することは、すべてが個別的、具体的なこと
ばかり。だから、一般論や抽象論は何の役にも立たないことがある。（　①　）と教わっている子供
は、山へ行ってわき出る清水が飲めない。理由は「コップがないから」である。水を手ですくって飲
むことや、フキの葉をまるめてコップがわりにすることなど②学校では教えていない。
　　　　(注2)

（秋庭道博『ことばの表情』東洋経済新報社より）

（注1）効率よく：むだなく、早く　　（注2）フキ：植物の名前。葉が大きい

問1　（　①　）に入る言葉として適当なものはどれか。

　1．水は手ですくって飲んでもいい　　　　2．水はコップで飲むものだ

　3．山の水はそのまま飲んではいけない　　4．葉をコップがわりにすれば水が飲める

問2　②「学校では教えていない」のはなぜか。

　1．一般論や抽象論は役に立たないから。

　2．学校だけがものを学ぶ場所ではないから。

　3．日々に直面することは個別的、具体的だから。

　4．物事の一般化や抽象化がおこるから。

問題Ⅱ　次の文章を読んで、後の問いに答えなさい。答えは、1・2・3・4から最も適当なもの
　　　　を一つ選びなさい。

　一時期、日本ではドイツの医学が最高と考えられていたのだが、その後アメリカ医学の水準が最高
と位置づけられるようになった。最近の若い医者はほとんどアメリカに留学する、という事実も①そ
れを証明する。医学用語も、以前はドイツ語だったのが、今は英語も多くなっている。医学はさまざ
まな分野にかかわる高度な学問で、これを学ぶのは難しい試験に合格した非常に優秀な学生たちだ。
彼らが今後すぐれた研究をして世界の医学に貢献すれば、世界中の病院で専門用語に日本語が使われ
る時代が来るかもしれない、という期待も一部にあるようだ。しかし、患者の立場から言うと、使わ
れる用語は何語でもいいが、名医がほしい。立派な研究論文を書く「学者」よりも、正しく診断し、

病気を確実に治してくれる「お医者さん」がほしい。立派な研究をすることは必ずしも名医の条件とはならないはずだから。

問1　①「それ」とは何をさしているか。

　1．ドイツの医学が最高と考えられていたこと

　2．アメリカ医学の水準が最高と位置づけられていること

　3．若い医学生たちがアメリカに留学すること

　4．医学用語に英語が多くなっていること

問2　筆者が考える「名医の条件」とはどんなことか。

　1．立派な研究論文を書くこと　　　　　2．世界の医学に貢献すること

　3．専門用語に日本語を使うこと　　　　4．病気を確実に治してくれること

問題Ⅲ　次の文を読んで、後の問いに答えなさい。答えは、1・2・3・4から最も適当なものを一つ選びなさい。

　成績の振るわない子にかぎって、いたずらをするものである。わざとガラスを破ってニヤニヤしている。先生が飛んできて、どうして、勉強もしないで、悪いことだけしてくれるのだ、などと叱る。やがてまた、同じような悪さをするが、もう先生はたいして叱る気力もなくしているから、①形だけの注意ですましてしまう。

　（　②　）、悪童(注1)はいっそうひどいいたずらをしでかして、先生がいやでも大目玉(注3)を食わせずにはいられないように挑発(注4)する。それにも先生がなれっこになると、さらにとんでもないことをしてみせて、まわりを驚かせる。こうしてとどのつまり(注6)が非行(注7)の淵(注8)へ落ちて行くのである。

　先生の③見当がすこし外れている。子どもは何も悪いことがしたくてしているのではない。むしろ、できれば、悪いことなどして叱られたくはないのだが、やむにやまれぬ事情(注9)があるから、心を鬼にして、いたずらをしているのだ。そのうち、本当に鬼のような人間になってしまうという次第だ。

　どうして心を鬼にしてまで悪いことをするのか。先生が自分の方を向いてくれないからだ。成績のよい子はいつも当てられて、ほめられる。羨ましい。おれはダメだから、無視されている。おもしろくないなあ、できない子どもはそう思っている。

　よし、何とかして（　④　）。そうは思うが、思うにまかせない。たまたま、いたずらをしたら、先生が真剣におこった。はじめて、認めてくれたのだ。それで叱られても幸福であった。しばらくするとまた淋しくなるから、また、いたずらをしてみせるが、同じ程度のことでは先生は前のようにおこってくれない。そこで心を鬼にして、一段階すごいいたずらに移らなくてはならない。

（外山滋比古『家庭教育処方箋』講談社より）

（注１）悪童：悪い子ども　　（注２）しでかす：する　　（注３）大目玉を食わせる：ひどく叱る　　（注４）挑発する：わざとおこらせるようにする　　（注５）なれっこ：慣れていて驚かないこと　　（注６）とどのつまりが：結局　　（注７）非行：悪い行い　　（注８）淵：深い所　　（注９）やむにやまれぬ：しかたがない　（注10）思うにまかせない：思うようにならない

問１　①「形だけの注意ですましてしまう」とは、どういう意味か。

　　1．叱る気力がないので、だまっている。　　　　2．注意はするが、真剣にはおこらない。

　　3．何も注意をしないで、子どもを無視する。　　4．悪いことをするなと注意する。

問２　（　②　）に入る適当な言葉はどれか。

　　1．したがって　　　　2．つまり　　　　　3．そこで　　　　　4．けっきょく

問３　③「見当がすこし外れている」とは、この文ではどういうことか。

　　1．子どものいたずらに驚かない。　　　　2．子どもの心理がよくわかっていない。

　　3．子どものほうを向かない。　　　　　　4．子どもを叱る気力をなくしている。

問４　（　④　）に入る適当なものはどれか。

　　1．先生にこちらを向かせよう　　　　　2．叱られないようにしよう

　　3．先生のほうを向こう　　　　　　　　4．いたずらをやめよう

問題Ⅳ　次の文を読んで、後の問いに答えなさい。答えは、１・２・３・４から最も適当なものを一つ選びなさい。

　気象用語に“ホワイトアウト”というのがある。南極観測の越冬隊に参加した人から教わったが、晴れてはいるが、薄い雲が上空にあるようなときに、このホワイトアウト現象が起きるそうだ。太陽の光が上空の雲に乱反射し、また下にある雪にも乱反射する。それで、あたり一面が「光」になってしまい、影がなくなる。

　（　①　）、方向も距離もわからなくなり、自分がどこにいるのか、どの方角に向かって歩いているのか、まったくわからなくなるのである。こういう時には、よくクレバス（氷河や雪渓の割れ目）に落ち込んで死ぬ人がいるという。

　つまり、わたしたちは、「　ａ　」があるから物が見えるのである。「　ｂ　」がないと物は見えないが、「　ｃ　」ばかりになってしまっても物は見えない。「光」と「影」があって、はじめて物が見えるのだ。

　わたしたちの人生においても、「光」と「影」がある。「光」と「影」がなければならない。

　「光」は幸福であり、「影」は不幸である。わたしたちは幸福を希求し、不幸を嫌う。不幸になった

時、一刻も早く幸福になりたいと、わたしたちは願う。

　しかし、（　②　）、はじめてわたしたちは幸福になれるのだ。不幸がなくなれば、ひょっとしたらわれわれは幸福になることができない。少なくとも、幸福を心から喜べなくなるのではないか……。

　だとすれば、不幸になった時、不幸から逃れようとしてあまりにジタバタしてはいけない。ジタバタして不幸から脱出できるのであれば、そうしてもよいが、③そうでないのであれば、むしろ不幸そのものをじっくりと味わったほうがよい。不幸は人生の「影」であり、④「影」をしっかり見つめることによって、道が見えてくるのではないだろうか。

（『読売新聞』1989 年 1 月 8 日　ひろ　さちや「まんだら人生論」より）

（注 1）乱反射：光が凹凸のある面に当たって、いろいろな方向に反射すること　　（注 2）氷河、雪渓：高山にある氷の川、氷の谷　　（注 3）希求する：欲しいと願う　　（注 4）ジタバタする：体や手足を激しく動かして抵抗する

問 1　（　①　）に入る適当な言葉を選びなさい。

　1．なぜなら　　　　2．そうすると　　　　3．ところで　　　　4．一方

問 2　「　a　」、「　b　」、「　c　」に入る適当な言葉の組み合わせを選びなさい。

　1．a：影　b：影　c：光　　　　　　　2．a：影　b：光　c：光

　3．a：光　b：光　c：影　　　　　　　4．a：光　b：影　c：光

問 3　（　②　）に入る適当な言葉を選びなさい。

　1．不幸があってこそ　　　　　　　　2．幸福を願ってこそ

　3．たとえ光がなくても　　　　　　　4．不幸にはなりたくないと思って

問 4　③「そうでないのであれば」とはどういうことか。

　1．不幸から逃れようとしてジタバタするのなら　　　2．不幸から脱出してもよいのなら

　3．不幸から脱出できないのなら　　　　　　　　　　4．不幸から脱出できるのなら

問 5　④「『影』をしっかり見つめる」とはどういうことか。

　1．幸福を求め不幸を嫌うこと

　2．不幸から逃れようとしてジタバタすること

　3．不幸を避けようとせずに、不幸を受けとめること

　4．不幸になったときに、はやく幸福になりたいと願うこと

問 6　筆者は「ホワイトアウト現象」を何に例えているか。

　1．自然現象　　　　2．人生　　　　　3．光と影　　　　4．幸福と不幸

実力判定テスト　解答

文字・語彙　解答

問題 I ［3点×8問］　問 1　(1)　1　(2)　3　(3)　4　問 2　(1)　2　(2)　1　(3)　3
問 3　(1)　2　(2)　4

問題 II ［4点×8問］　問 1　(1)　3　(2)　1　(3)　2　問 2　(1)　2　(2)　1　(3)　1
問 3　(1)　2　(2)　2

問題 III ［4点×11問］　(1)　1　(2)　4　(3)　1　(4)　4　(5)　3　(6)　1　(7)　2　(8)　2
(9)　1　(10)　2　(11)　4

文字・語彙　成績　＿＿＿／100点

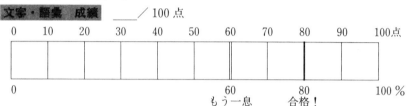

```
0   10   20   30   40   50   60   70   80   90   100点
```

```
0                          60           80         100 %
                        もう一息      合格！
```

文法　解答

問題 I ［5点×15問］　(1)　2　(2)　3　(3)　4　(4)　2　(5)　3　(6)　2　(7)　4　(8)　3
(9)　2　(10)　3　(11)　4　(12)　1　(13)　4　(14)　4　(15)　2

問題 II ［5点×5問］　(1)　3　(2)　1　(3)　2　(4)　4　(5)　3

文法　成績　＿＿＿／100点

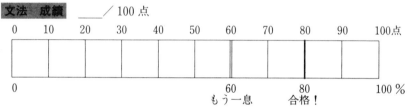

```
0   10   20   30   40   50   60   70   80   90   100点
```

```
0                          60           80         100 %
                        もう一息      合格！
```

読解　解答

問題 I ［7点×2問］　問 1　2　問 2　3
問題 II ［7点×2問］　問 1　2　問 2　4
問題 III ［6点×4問］　問 1　2　問 2　3　問 3　2　問 4　1
問題 IV ［8点×6問］　問 1　2　問 2　2　問 3　1　問 4　3　問 5　3　問 6　2

読解　成績　＿＿＿／100点

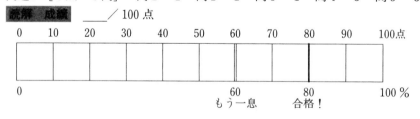

```
0   10   20   30   40   50   60   70   80   90   100点
```

```
0                          60           80         100 %
                        もう一息      合格！
```

文字・語彙

ステップ1《重要名詞100　その1》

　1〜100の言葉について、意味を知っていれば○を、知らなければ×を入れて、あなたの語彙力を
チェックしてください。後ろに漢字がありますが、初めは漢字を見ないでチェックしましょう。

1. あいそう（　　） 　　2. あいだがら（　　） 　　3. あじわい（　　） 　　4. あっせん（　　）

5. あとつぎ（　　） 　　6. あとまわし（　　） 　　7. あべこべ（　　） 　　8. ありさま（　　）

9. あんざん（　　） 　　10. あんじ（　　） 　　11. いいわけ（　　） 　　12. いきがい（　　）

13. いきちがい（　　） 　　14. いただき（　　） 　　15. いんきょ（　　） 　　16. うず（　　）

17. うたたね（　　） 　　18. うちわけ（　　） 　　19. うぬぼれ（　　） 　　20. うまれつき（　　）

21. うらがえし（　　） 　　22. おおすじ（　　） 　　23. おしょく（　　） 　　24. おてあげ（　　）

25. かんろく（　　） 　　26. きざし（　　） 　　27. ぎぞう（　　） 　　28. きだて（　　）

29. きふく（　　） 　　30. きぼ（　　） 　　31. きょうぐう（　　） 　　32. きょうり（　　）

33. きんもつ（　　） 　　34. ぐち（　　） 　　35. くっせつ（　　） 　　36. くろうと（　　）

37. けいい（　　） 　　38. けいしゃ（　　） 　　39. けだもの（　　） 　　40. けっそく（　　）

41. げっぷ（　　） 　　42. けんち（　　） 　　43. こうじょ（　　） 　　44. こうたく（　　）

45. こうとう（　　） 　　46. こころえ（　　） 　　47. こころがけ（　　） 　　48. こぜに（　　）

49. こつ（　　） 　　50. こづかい（　　） 　　51. ことづて（　　） 　　52. じゃっかん（　　）

53. しょうたい（　　） 　　54. そくばく（　　） 　　55. ていさい（　　） 　　56. てんけい（　　）

57. としごろ（　　） 58. とじまり（　　） 59. どわすれ（　　） 60. ねばり（　　）

61. ばいばい（　　） 62. はぐるま（　　） 63. ばくろ（　　） 64. はんかがい（　　）

65. ばんにん（　　） 66. はんぱ（　　） 67. ひかげ（　　） 68. ひとがら（　　）

69. ひとじち（　　） 70. ひらしゃいん（　　） 71. ふしょうじ（　　） 72. ふもと（　　）

73. べんぎ（　　） 74. ほうび（　　） 75. ほっさ（　　） 76. ほんね（　　）

77. まごころ（　　） 78. まやく（　　） 79. みえ（　　） 80. みため（　　）

81. みはらし（　　） 82. みぶり（　　） 83. むごん（　　） 84. めかた（　　）

85. めもり（　　） 86. めやす（　　） 87. もよおし（　　） 88. やみ（　　）

89. ゆいいつ（　　） 90. ゆうすう（　　） 91. ようと（　　） 92. ようりょう（　　）

93. よしあし（　　） 94. よふけ（　　） 95. よりみち（　　） 96. りくつ（　　）

97. りっこうほ（　　） 98. りんかく（　　） 99. ろうにん（　　） 100. わいろ（　　）

漢字チェック

1. 愛想　2. 間柄　3. 味わい　4. 斡旋　5. 跡継ぎ　6. 後回し　7. ──　8. 有様

9. 暗算　10. 暗示　11. 言い訳　12. 生き甲斐　13. 行き違い　14. 頂　15. 隠居　16. 渦

17. ──　18. 内訳　19. ──　20. 生まれつき　21. 裏返し　22. 大筋　23. 汚職　24. お手上げ

25. 貫禄　26. 兆し　27. 偽造　28. 気だて　29. 起伏　30. 規模　31. 境遇　32. 郷里

33. 禁物　34. 愚痴　35. 屈折　36. 玄人　37. 経緯　38. 傾斜　39. 獣　40. 結束　41. 月賦

42. 見地　43. 控除　44. 光沢　45. 口頭　46. 心得　47. 心掛け　48. 小銭　49. ──　50. 小遣い

51. ──　52. 若干　53. 正体　54. 束縛　55. 体裁　56. 典型　57. 年頃　58. 戸締まり

59. 度忘れ　60. 粘り　61. 売買　62. 歯車　63. 暴露　64. 繁華街　65. 万人　66. 半端

67. 日陰　68. 人柄　69. 人質　70. 平社員　71. 不祥事　72. 麓　73. 便宜　74. 褒美　75. 発作

76. 本音　77. 真心　78. 麻薬　79. 見栄　80. 見た目　81. 見晴らし　82. 身振り　83. 無言

84. 目方　85. 目盛り　86. 目安　87. 催し　88. 闇　89. 唯一　90. 有数　91. 用途　92. 要領

93. 善し悪し　94. 夜更け　95. 寄り道　96. 理屈　97. 立候補　98. 輪郭　99. 浪人　100. 賄賂

漢字にチャレンジ

問題Ⅰ　□□に入れるのに最も適当な漢字を、1・2・3・4から一つ選びなさい。

(1) 体□よりも内容のほうが大切だ。　　　　　　　　　［1．積　2．裁　3．質　4．格］

(2) 柔らかな空気に春の□しが感じられる。　　　　　　［1．兆　2．示　3．明　4．暖］

(3) 父が心臓□作を起こして入院した。　　　　　　　　［1．動　2．傑　3．操　4．発］

(4) 胸を開いて本□で話そう。　　　　　　　　　　　　［1．音　2．根　3．心　4．物］

(5) 彼は人□がよく、だれからも好かれている。　　　　［1．質　2．柄　3．望　4．格］

(6) □痴ばかり言っていないで、働きなさい。　　　　　［1．保　2．呆　3．愚　4．偶］

(7) 家族の結□の強さが我が家の誇りだ。　　　　　　　［1．束　2．論　3．続　4．足］

(8) 「マグニチュード」は地震の□模を表す数字だ。　　［1．機　2．起　3．危　4．規］

(9) この石の目□を測ったら、5kgほどあった。　　　　［1．印　2．安　3．方　4．盛］

(10) 半□な数は、四捨五入してください。　　　　　　　［1．分　2．端　3．々　4．量］

問題Ⅱ　次の文の下線をつけた言葉の二重線（＝＝）の部分は、どのような漢字を書きますか。
　　　　同じ漢字を使うものを、1・2・3・4から一つ選びなさい。

(1) この坂道（さかみち）はけいしゃがきつい。
　　1．北側のしゃめんには雪が残っていた。　　　2．彼女はしゃこうてきな性格だ。
　　3．手術の直後で面会しゃぜつでした。　　　　4．絵のすきな仲間と山へしゃせいに行った。

(2) これはようとが広く、便利な道具だ。
　　1．部長は今、出張でとべいしている。　　　　2．とじまりをしっかりしてください。
　　3．どの学校でもせいとの数が減っている。　　4．とちゅうで引き返し、帰ってきた。

問題III　次の文の下線をつけた言葉は、ひらがなでどう書きますか。1・2・3・4から一つ選び
　　　　なさい。

(1) カードが偽造されている。　　　　　［1．いぞう　2．ぎじょう　3．いじょう　4．ぎぞう］

(2) 不審な点が若干ある。　　　　［1．じゃっかん　2．じゃくせん　3．わかかん　4．わかせん］

(3) 山の頂までもう少しがんばろう。　　［1．ちょう　2．いただき　3．いただく　4．じょう］

(4) 友人が便宜をはかってくれた。　　　［1．びんぎ　2．べんせん　3．びんせん　4．べんぎ］

(5) 人質は無事解放された。　　　　［1．じんしつ　2．にんしつ　3．ひとじち　4．ひとしち］

(6) 大学も就職の斡旋をするんですか。　［1．かんせん　2．かんせ　3．あっせ　4．あっせん］

(7) 彼女は感情の起伏が激しい。　　　　［1．きふく　2．きけん　3．おきふせ　4．おきけん］

(8) 小銭に両替してもらおう。　　　　［1．しょうせん　2．こせん　3．こぜに　4．しょうぜに］

(9) 夜更けの町は静まり返っていた。　　［1．よあけ　2．やこうけ　3．よふけ　4．やさらけ］

(10) 両者は大筋で合意した。　　　　［1．だいきん　2．おおきん　3．たいすじ　4．おおすじ］

問題IV　次の文の下線をつけた言葉は、ひらがなでどう書きますか。同じひらがなで書く言葉を、
　　　　1・2・3・4から一つ選びなさい。

(1) 数字やアルファベットは符号の一種である。　　［1．保護　2．不幸　3．歩行　4．富豪］

(2) 行方不明者の捜索が徹夜で行われた。　　　　　［1．創作　2．操作　3．早速　4．豊作］

(3) 発売されたばかりの新型車に欠陥があった。　　［1．決算　2．結合　3．血管　4．月刊］

(4) 彼女は彼に好意を抱いているようだ。　　　　　［1．経緯　2．恋　3．行為　4．権威］

(5) 投票日には棄権しないようにしましょう。　　　［1．機嫌　2．起点　3．期限　4．危険］

問題Ⅰ　次の文の_____部分に入れるのに最も適当なものを、1・2・3・4から一つ選びなさい。

(1) _____の娘をもつ親は、娘の交友関係について神経質になるものだ。
　　1．日頃　　　　　　2．同年　　　　　　3．年頃　　　　　　4．年月

(2) 努力せずに良い成績をとろうとするなんて、_____が悪いよ。
　　1．志　　　　　　　2．心地　　　　　　3．心得　　　　　　4．心掛け

(3) 他人によく思われたいばかりに_____を張ってしまう自分が情けない。
　　1．目安　　　　　　2．見栄　　　　　　3．見た目　　　　　4．外見

(4) 小さい問題は_____にして、重要なことから先に片付けよう。
　　1．手回し　　　　　2．手遅れ　　　　　3．あとつぎ　　　　4．あとまわし

(5) 彼は自由を_____されることを嫌って、サラリーマンをやめてしまった。
　　1．結束　　　　　　2．束縛　　　　　　3．消耗　　　　　　4．消費

(6) お返事は_____ではなく、必ず書面でお願いします。
　　1．郵送　　　　　　2．連絡　　　　　　3．口頭　　　　　　4．面接

(7) _____があったおかげで、納める税金が少なくなった。
　　1．割引き　　　　　2．控除　　　　　　3．値引き　　　　　4．免除

(8) 支出の_____の中でいちばん大きいのは食費です。
　　1．内訳　　　　　　2．内情　　　　　　3．内容　　　　　　4．内緒

(9) _____をしないで、まっすぐ家に帰りなさい。
　　1．横道　　　　　　2．寄り道　　　　　3．曲がり道　　　　4．近道

(10) 彼女の家は_____のいい丘の上にあった。
　　1．見積もり　　　　2．見納め　　　　　3．見晴らし　　　　4．見限り

問題II _____の言葉の意味が、それぞれのはじめの文と最も近い意味で使われている文を、1・2・3・4の中から一つ選びなさい。

(1) ところ……このところ暖かく過ごしやすい日が続いている。

　　1．ところかまわずゴミを捨てるのはやめてください。

　　2．どんな人にも良いところと良くないところがあるものだ。

　　3．彼は今の職場でところを得た活躍をしている。

　　4．今、論文の仕上げをしているところなんです。

(2) 念……大丈夫だとは思うが、念のため彼に電話をしておこう。

　　1．妹は念入りに化粧をしてパーティーに出かけていった。

　　2．何度も念を押したのに、どうして忘れちゃったの。

　　3．同じ人間同士だと思うと、敵に対する憎しみの念が消えていった。

　　4．お中元、お歳暮は、感謝の念を表すために贈り物をする習慣だ。

(3) 役……彼女は子供に対する母親の役割を果たしていない。

　　1．俳優の仕事は何といってもその役になりきることです。

　　2．犬の世話は弟の役目になっている。

　　3．彼は仕事のミスから、役職をおろされた。

　　4．この辞書は版が古くて役に立たない。

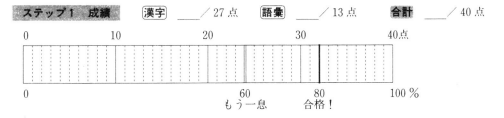

ステップ**2**《重要名詞100　その2》

1～100の言葉について、意味を知っていれば○を、知らなければ×を入れて、あなたの語彙力を
チェックしてください。後ろに漢字がありますが、初めは漢字を見ないでチェックしましょう。

1. あいま（　　）　　2. あゆみ（　　）　　3. ありのまま（　　）　　4. いちもく（　　）

5. うわき（　　）　　6. おもむき（　　）　　7. かんじん（　　）　　8. かんむりょう（　　）

9. くじびき（　　）　　10. ここち（　　）　　11. こころあたり（　　）　　12. さいく（　　）

13. さしつかえ（　　）　　14. さなか（　　）　　15. さよう（　　）　　16. しかけ（　　）

17. しきたり（　　）　　18. したごころ（　　）　　19. したどり（　　）　　20. したび（　　）

21. しや（　　）　　22. しゅうじつ（　　）　　23. しゅっせ（　　）　　24. しょうそく（　　）

25. ずぶぬれ（　　）　　26. すれちがい（　　）　　27. ぜんと（　　）　　28. だいなし（　　）

29. たいぼう（　　）　　30. ださく（　　）　　31. たてまえ（　　）　　32. ためいき（　　）

33. ちょうふく（　　）　　34. つかのま（　　）　　35. つじつま（　　）　　36. てまわし（　　）

37. ないしょ（　　）　　38. なえ（　　）　　39. なぎさ（　　）　　40. はつみみ（　　）

41. はんじょう（　　）　　42. ばんのう（　　）　　43. ひとかげ（　　）　　44. ひとすじ（　　）

45. ひととおり（　　）　　46. ひどり（　　）　　47. ひのまる（　　）　　48. ひめい（　　）

49. びり（　　）　　50. ふりだし（　　）　　51. ぼうとう（　　）　　52. まちまち（　　）

53. まばたき（　　）　　54. みつもり（　　）　　55. めど（　　）　　56. もくろみ（　　）

57. もちきり（　　） 58. よあけ（　　） 59. よそみ（　　） 60. よち（　　）

61. れんちゅう（　　） 62. ろうひ（　　） 63. わく（　　） 64. わな（　　）

65. アップ（　　） 66. アプローチ（　　） 67. アマチュア（　　） 68. アンケート（　　）

69. イメージ（　　） 70. インテリ（　　） 71. インフォメーション（　　）

72. エンジニア（　　） 73. オンライン（　　） 74. カムバック（　　） 75. クイズ（　　）

76. ゲスト（　　） 77. コマーシャル（　　） 78. コメント（　　） 79. コントロール（　　）

80. システム（　　） 81. ジャンル（　　） 82. ショック（　　） 83. ストレス（　　）

84. スペース（　　） 85. タイトル（　　） 86. タイミング（　　） 87. チームワーク（　　）

88. デザイン（　　） 89. トラブル（　　） 90. ニュアンス（　　） 91. パート（　　）

92. ビジネス（　　） 93. ファン（　　） 94. ポイント（　　） 95. マスコミ（　　）

96. メディア（　　） 97. メロディー（　　） 98. ヤング（　　） 99. ユーモア（　　）

100. ルール（　　）

漢字チェック

1. 合間　2. 歩み　3. ——　4. 一目　5. 浮気　6. 趣　7. 肝心　8. 感無量　9. ——
10. 心地　11. 心当たり　12. 細工　13. 差し支え　14. ——　15. 作用　16. 仕掛け　17. ——
18. 下心　19. 下取り　20. 下火　21. 視野　22. 終日　23. 出世　24. 消息　25. ——
26. すれ違い　27. 前途　28. 台無し　29. 待望　30. 駄作　31. 建前　32. ため息　33. 重複
34. 束の間　35. ——　36. 手回し　37. 内緒　38. 苗　39. 渚　40. 初耳　41. 繁盛　42. 万能
43. 人影　44. 一筋　45. 一通り　46. 日取り　47. 日の丸　48. 悲鳴　49. ——　50. 振り出し
51. 冒頭　52. ——　53. 瞬き　54. 見積もり　55. 目途　56・57. ——　58. 夜明け　59. よそ見
60. 余地　61. 連中　62. 浪費　63. 枠　64〜100. ——

問題Ⅰ ☐☐ に入れるのに最も適当な漢字を、1・2・3・4から一つ選びなさい。

(1) 結婚式の 日☐ りが 4 月 10 日に決まった。　　　　　［1．帰　2．乗　3．振　4．取］

(2) 世界を旅して 視☐ を広げたい。　　　　　　　　　　　［1．力　2．点　3．野　4．察］

(3) ☐望 の男児誕生、おめでとう。　　　　　　　　　　　［1．待　2．願　3．大　4．祈］

(4) 商売の ☐盛 を神社で祈った。　　　　　　　　　　　　［1．大　2．繁　3．上　4．隆］

(5) 私の父は仕事 一☐ に 40 年間働いてきた。　　　　　　［1．筋　2．道　3．条　4．杯］

(6) 隣の部屋から ☐鳴 が聞こえた。何事だろう。　　　　　［1．喜　2．悲　3．音　4．声］

(7) 前☐ に不安を持つ若者の相談相手になろう。　　　　　［1．途　2．来　3．期　4．生］

(8) 3 年前に家を出た兄の ☐息 は、いぜん不明だ。　　　　［1．詳　2．死　3．生　4．消］

(9) 何事も最初が ☐心 なのに、もう失敗してしまった。　　［1．感　2．肝　3．関　4．用］

(10) 本の ☐頭 に筆者の前書きがある。　　　　　　　　　　［1．書　2．最　3．冒　4．初］

問題Ⅱ 次の文の下線をつけた言葉の二重線（ ＝ ）の部分は、どのような漢字を書きますか。
　　　　同じ漢字を使うものを、1・2・3・4から一つ選びなさい。

(1) 悪い<u>れんちゅう</u>とはつき合うな。
　　1．この案は二つの案の<u>せっちゅう</u>です。　　2．彼女は<u>ちゅうせい</u>の文学を専攻している。
　　3．犬は人間に<u>ちゅうじつ</u>な動物だ。　　　　4．体操選手は 2 回の<u>ちゅうがえり</u>を見せた。

(2) できれば同じ語の<u>ちょうふく</u>は避けたい。
　　1．両国間の条約の<u>ちょういん</u>が行われた。　　2．何にでも<u>ちょうせん</u>してみたい。
　　3．山の<u>ちょうじょう</u>には雪がある。　　　　　4．これは便利<u>ちょうほう</u>な道具です。

問題III　次の文の下線をつけた言葉は、ひらがなでどう書きますか。1・2・3・4から一つ選び
　　　　なさい。

(1)　夫の浮気が原因で離婚した。　　　　　　　［1．うわぎ　2．うわき　3．ういき　4．ふき］

(2)　小さいけれど趣のある旅館に泊まった。［1．おもむき　2．おもわく　3．しゅ　4．しゅう］

(3)　健康ブームは決して下火にはならない。　　　［1．げか　2．したか　3．しもひ　4．したび］

(4)　出世よりも家庭のほうが大切だ。　　　　　［1．しゅっせ　2．でせ　3．しゅせ　4．でっせ］

(5)　彼女は語学に強いと一目置かれている。［1．いちめ　2．ひとめ　3．ひともく　4．いちもく］

(6)　それは知らなかった。初耳だ。　　　　　［1．しょみみ　2．はつみみ　3．しょじ　4．はつじ］

(7)　真夜中の町には人影もない。　　　　　［1．ひとかげ　2．にんえい　3．じんえい　4．ひとけ］

(8)　庭に桜の苗を植えた。花咲く日が楽しみだ。　　　［1．なえ　2．くき　3．みき　4．たね］

(9)　波が荒いので、泳がずに渚で遊んだ。　　　［1．はま　2．なぎさ　3．すなはま　4．はまべ］

(10)　はい、撮ります。瞬きをしないで。［1．しゅんき　2．しゅうき　3．まなざし　4．まばたき］

問題IV　次の文の下線をつけた言葉は、ひらがなでどう書きますか。同じひらがなで書く言葉を、
　　　　1・2・3・4から一つ選びなさい。

(1)　隣国の領海で魚を採って捕まった。　　　　　　　　［1．了解　2．紹介　3．例会　4．礼拝］

(2)　両国首脳は共同声明を発表した。　　　　　　　　　［1．本名　2．証明　3．姓名　4．成熟］

(3)　常に自己に厳しくありたいものだ。　　　　　　　　［1．思考　2．事項　3．事故　4．執行］

(4)　彼女は終始笑顔を絶やさなかった。　　　　　　　　［1．主人　2．趣旨　3．出資　4．修士］

(5)　町は戦争で荒廃したままだ。　　　　　　　　　　　［1．後悔　2．出発　3．後輩　4．今回］

問題Ⅰ　次の文の＿＿＿＿部分に入れるのに最も適当なものを、１・２・３・４から一つ選びなさい。

(1)　この家具にはすばらしい＿＿＿＿がしてある。
　　　１．細工　　　　　　２．工事　　　　　　３．大工　　　　　　４．模様

(2)　だれがもらうかは、＿＿＿＿で決めよう。
　　　１．たからくじ　　　２．くじびき　　　　３．いいわけ　　　　４．ひきわけ

(3)　左右が＿＿＿＿ですよ。ちゃんと直しておいてください。
　　　１．行き違い　　　　２．あやふや　　　　３．すれ違い　　　　４．あべこべ

(4)　ゆうべそこで見たことを＿＿＿＿に話してください。
　　　１．ありのまま　　　２．つかのま　　　　３．ありさま　　　　４．つじつま

(5)　私にとって本音と＿＿＿＿を使い分けることは、容易ではない。
　　　１．建前　　　　　　２．本気　　　　　　３．偽物（にせもの）　　４．外見

(6)　計画が＿＿＿＿に戻った。最初からやり直そう。
　　　１．見出し　　　　　２．呼び出し　　　　３．振り出し　　　　４．かけ出し

(7)　彼がどこへ行ったのか、まったく＿＿＿＿がない。
　　　１．見当　　　　　　２．見地　　　　　　３．心がけ　　　　　４．心当たり

(8)　われわれの最初の＿＿＿＿はすべて外れてしまった。
　　　１．もくろみ　　　　２．もちきり　　　　３．下心　　　　　　４．用心

(9)　きらいな野菜の料理を見て、娘は「イヤだ」とばかりに＿＿＿＿を向いた。
　　　１．そっぱ　　　　　２．しっぽ　　　　　３．そっと　　　　　４．はっぱ

(10)　その雑誌は十代の＿＿＿＿に読者が多い。
　　　１．ランプ　　　　　２．ヤング　　　　　３．ダンプ　　　　　４．パンク

問題II　_____の言葉の意味が、それぞれのはじめの文と最も近い意味で使われている文を、1・
　　　　2・3・4から一つ選びなさい。

(1) 骨……どんな仕事でも骨を惜しまずに働け。

　　1．腰の骨を折ると、治るまで時間がかかる。

　　2．彼はなかなか骨のある男だから、信頼できる。

　　3．論文はまだ骨組みもできていない。

　　4．友人がわたしのためにいろいろと骨を折ってくれた。

(2) 線……そうするのがいちばん妥当な線でしょう。

　　1．エミは、線の細い静かな印象の女性だ。

　　2．A社とは友好的な線で交渉していきたい。

　　3．我が国は、工業生産でもすでに欧米の線に達した。

　　4．役人として越えてはならない線がある。

(3) 人……人の弱みにつけ込んで、金を取るなんて許せない。

　　1．人のことにいちいちうるさく言わないでくれ。

　　2．ちょっと人が足りないから、手伝ってください。

　　3．あなたは人がいいからねえ。気をつけないと。

　　4．何が幸せかは人によってちがうはずだ。

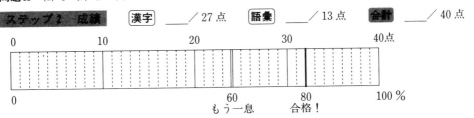

ステップ2　解答

漢字にチャレンジ　問題I　(1) 4　(2) 3　(3) 1　(4) 2　(5) 1　(6) 2　(7) 1　(8) 4　(9) 2　(10) 3

問題II　(1) 2〔連中　1．折衷　2．中世　3．忠実　4．宙返り〕　(2) 4〔重複　1．調印　2．挑戦

3．頂上　4．重宝〕　問題III　(1) 2　(2) 1　(3) 4　(4) 1　(5) 4　(6) 2　(7) 1　(8) 1　(9) 2　(10) 4

問題IV　(1) 1　(2) 3　(3) 3　(4) 4　(5) 3

語彙にチャレンジ　問題I　(1) 1　(2) 2　(3) 4　(4) 1　(5) 1　(6) 3　(7) 4　(8) 1　(9) 1　(10) 2

問題II　(1) 4　(2) 2　(3) 1

ステップ2　成績　　漢字　____／27点　　語彙　____／13点　　合計　____／40点

0	10	20	30	40点

0　　　　　　　　　　　　　　　60　　　　80　　　100 ％

もう一息　　合格！

ステップ**3**《重要動詞100》

　1～100の言葉について、意味を知っていれば○を、知らなければ×を入れて、あなたの語彙力をチェックしてください。後ろに漢字がありますが、初めは漢字を見ないでチェックしましょう。

1. あざむく（　　）　　2. あせる（　　）　　3.（色が）あせる（　　）　　4. うながす（　　）

5. うやまう（　　）　　6. うんざりする（　　）　　7. おだてる（　　）　　8. おびやかす（　　）

9. おびる（　　）　　10. かえりみる（　　）　　11. かさむ（　　）　　12. がっちする（　　）

13. かなう（　　）　　14. かばう（　　）　　15. かぶれる（　　）　　16. きたえる（　　）

17. ぎんみする（　　）　　18. くいちがう（　　）　　19. くぐる（　　）　　20. くつがえす（　　）

21. こころみる（　　）　　22. こじれる（　　）　　23. ごまかす（　　）　　24.（工夫を）こらす（　　）

25. こりる（　　）　　26. さえぎる（　　）　　27. さえずる（　　）　　28. さえる（　　）

29. さまたげる（　　）　　30.（気に）さわる（　　）　　31. しあげる（　　）　　32. しくじる（　　）

33. したう（　　）　　34. しぼむ（　　）　　35. すたれる（　　）　　36. せかす（　　）

37. せっとくする（　　）　　38. そこなう（　　）　　39. そびえる（　　）　　40. そむく（　　）

41. たずさわる（　　）　　42. ただよう（　　）　　43. たもつ（　　）　　44. ちやほやする（　　）

45. ついやす（　　）　　46. つかまえる（　　）　　47. つげる（　　）　　48. つぶやく（　　）

49.（気が）とがめる（　　）　　50. とげる（　　）　　51. とどこおる（　　）　　52. とどまる（　　）

53. とぼける（　　）　　54. ともなう（　　）　　55. なげく（　　）　　56. にじむ（　　）

57. ねじる（　） 58. ねたむ（　） 59. ねだる（　） 60. ねばる（　）

61. (計画を)ねる（　） 62. のがれる（　） 63. (式に)のぞむ（　） 64. のっとる（　）

65. ののしる（　） 66. はあくする（　） 67. はえる（　） 68. はかどる（　）

69. はげむ（　） 70. はずむ（　） 71. はたす（　） 72. はばむ（　）

73. ひたす（　） 74. ひってきする（　） 75. ふく（　） 76. (人が)ふける（　）

77. ふるまう（　） 78. へいこうする（　） 79. へきえきする（　） 80. ほうむる（　）

81. ほこる（　） 82. ほころびる（　） 83. ほっそくする（　） 84. ほろびる（　）

85. まぬがれる（　） 86. みあわせる（　） 87. みせびらかす（　） 88. みはからう（　）

89. (支店を)もうける（　） 90. もさくする（　） 91. もてなす（　） 92. もてる（　）

93. もめる（　） 94. もらす（　） 95. もりあがる（　） 96. やしなう（　）

97. ゆがむ（　） 98. ゆすぐ（　） 99. ようじんする（　） 100. わびる（　）

漢字チェック

1. 欺く 2. 焦る 3. ―― 4. 促す 5. 敬う 6・7. ―― 8. 脅かす 9. 帯びる 10. 省/顧みる

11. ―― 12. 合致する 13. 叶う 14・15. ―― 16. 鍛える 17. 吟味する 18. 食い違う

19. ―― 20. 覆す 21. 試みる 22・23. ―― 24. 凝らす 25. 懲りる 26. 遮る 27. ――

28. 冴える 29. 妨げる 30. 障る 31. 仕上げる 32. ―― 33. 慕う 34. ―― 35. 廃れる

36. ―― 37. 説得する 38. 損なう 39. ―― 40. 背く 41. 携わる 42. 漂う 43. 保つ

44. ―― 45. 費やす 46. 捕まえる 47. 告げる 48・49. ―― 50. 遂げる 51. 滞る 52. 留まる

53. ―― 54. 伴う 55. 嘆く 56. 滲む 57. ―― 58. 妬む 59. ―― 60. 粘る 61. 練る

62. 逃れる 63. 臨む 64. 乗っ取る 65. 罵る 66. 把握する 67. 映える 68. ―― 69. 励む

70. 弾む 71. 果たす 72. 阻む 73. 浸す 74. 匹敵する 75. 拭く 76. 老ける 77. 振る舞う

78. 閉口する 79. 辟易する 80. 葬る 81. 誇る 82. ―― 83. 発足する 84. 滅びる 85. 免れる

86. 見合わせる 87. 見せびらかす 88. 見計らう 89. 設ける 90. 模索する 91〜93. ――

94. 漏らす 95. 盛り上がる 96. 養う 97. 歪む 98. ―― 99. 用心する 100. 詫びる

漢字にチャレンジ

問題Ⅰ ☐☐ に入れるのに最も適当な漢字を、1・2・3・4から一つ選びなさい。

(1) ☐る と、しくじる。落ち着いてやろう。　　　　　［1．蕉　2．集　3．焦　4．惟］

(2) 慎重に行動するようにと、父は私に注意を ☐ した。　　［1．催　2．促　3．脅　4．捜］

(3) 国会解散に ☐う 選挙が近く行われる。　　　　　　［1．判　2．共　3．伴　4．従］

(4) この建築は完成までに 30 年の月日を ☐やし た。　　［1．費　2．資　3．貫　4．責］

(5) 味方チームの堅い守りが敵の攻撃を ☐ん だ。　　　　［1．防　2．上　3．阻　4．踏］

(6) 彼の投げたボールは大きく ☐ん で、塀の外に出た。　　［1．弾　2．昇　3．積　4．伸］

(7) そのプランは、もっとよく ☐る 必要がある。　　　　［1．捻　2．混　3．継　4．練］

(8) 目的を ☐げ るまでがんばろう。　　　　　　　　　　［1．果　2．遂　3．告　4．達］

(9) 二人の意見は全く ☐い 違っている。　　　　　　　　［1．思　2．食　3．会　4．吸］

(10) 彼は人柄がいいので、部下から ☐わ れている。　　　　［1．募　2．墓　3．慕　4．幕］

問題Ⅱ 次の文の下線をつけた言葉の二重線（＝＝）の部分は、どのような漢字を書きますか。
　　　　同じ漢字を使うものを、1・2・3・4から一つ選びなさい。

(1) 大統領は国をおさめる権力者である。
　　1．国民には税金をおさめる義務がある。　　　2．狭い家に家具をおさめるのは大変だ。
　　3．見事、成功をおさめることができた。　　　4．「川をおさめる」とは水害を防ぐことだ。

(2) 娘が病気の母親をかいほうしている。
　　1．政府は行政のかいかくに乗り出した。　　　2．自己しょうかいさせていただきます。
　　3．いまさらこうかいしても遅い。　　　　　　4．かいきゅう社会は減りつつある。

問題Ⅲ 次の文の下線をつけた言葉は、ひらがなでどう書きますか。1・2・3・4から一つ選びなさい。

(1) 事故で車の流れが滞っている。［1．しぶって　2．とどこおって　3．とまって　4．しめって］

(2) 大勢の家族を養うのは大変だ。　［1．うしなう　2．ただよう　3．やしなう　4．うやまう］

(3) 全国大会を催すことになった。　　　　［1．もよおす　2．さいす　3．そくす　4．おこす］

(4) あやうく危険を逃れた。　　　　［1．にげれた　2．のがれた　3．とぎれた　4．まぬがれた］

(5) 非礼な言動は慎むべきだ。　　　　［1．つつしむ　2．ひきこむ　3．したしむ　4．あやしむ］

(6) 事件は闇に葬られた。［1．こうむられた　2．ほうむられた　3．とうられた　4．そうられた］

(7) この生地の色、冴えているね。　　　　　　［1．こえて　2．ひえて　3．はえて　4．さえて］

(8) 安全のためのさまざまな工夫を凝らす。［1．こらす　2．こうらす　3．もらす　4．そらす］

(9) 健康を損なうほど無理したんですか。［1．そこなう　2．ことなう　3．ともなう　4．うしなう］

(10) いつかきっと夢が叶うだろう。　　　　［1．ととのう　2．かなう　3．そろう　4．まかなう］

問題Ⅳ 次の文の下線をつけた言葉は、ひらがなでどう書きますか。同じひらがなで書く言葉を、1・2・3・4から一つ選びなさい。

(1) 何気なく言った一言が彼女の気に障ったようだ。［1．触った　2．携った　3．偽った　4．断った］

(2) 長男が家を継ぐという考えはもう古い。　　　　　　［1．稼ぐ　2．騒ぐ　3．防ぐ　4．次ぐ］

(3) タマネギはよく炒めると甘みが出る。　　［1．込める　2．傷める　3．眺める　4．詰める］

(4) 罪を犯す者は罰せられる。　　　　　　　　［1．侵す　2．覆す　3．任す　4．倒す］

(5) 娘が誕生した年に植えた桜が今年花をつけた。［1．訴えた　2．耐えた　3．控えた　4．飢えた］

問題Ⅰ　次の文の＿＿＿の部分に入れるのに最も適当なものを、１・２・３・４から一つ選びなさい。

(1)　二人の話し合いは意見が＿＿＿ままで、結局何も決められなかった。

　　１．取り違った　　　２．掛け違った　　　３．聞き違った　　　４．食い違った

(2)　彼ったら、新しい車を買って、得意そうに＿＿＿いるのよ。

　　１．乗っ取って　　　２．見せびらかして　　３．乗りこなして　　４．見晴らして

(3)　買ったときはあんなにきれいだったのに、色がすっかり＿＿＿しまった。

　　１．とぼけて　　　２．もれて　　　３．さえて　　　４．あせて

(4)　狭い門を＿＿＿と、そこは屋敷の中庭だった。

　　１．くぐる　　　２．わびる　　　３．わたる　　　４．またぐ

(5)　電車の中で寝ようと思っていたのに、隣の席の人が話しかけてくるので、＿＿＿。

　　１．妥結した　　　２．干渉した　　　３．停滞した　　　４．閉口した

(6)　長い間守られてきた村の風習は、都市化によって今ではすっかり＿＿＿しまった。

　　１．もたらして　　　２．すたれて　　　３．せかして　　　４．おびやかして

(7)　今日は思いのほか仕事が＿＿＿から、残業をせずにすみそうだ。

　　１．のびた　　　２．ためらった　　　３．はかどった　　　４．とどまった

(8)　彼女に＿＿＿されて部屋に入ると、ぼくの誕生日を祝うごちそうが並んでいた。

　　１．うちこまれて　　２．うながされて　　３．うけるがれて　　４．うつむかれて

(9)　数ある石の中でも、硬さという点ではダイヤモンドに＿＿＿する石はない。

　　１．類似する　　　２．同伴する　　　３．匹敵する　　　４．等分する

(10)　何度も失敗すれば、たいていの人は＿＿＿はずだ。

　　１．かなう　　　２．こりる　　　３．そむく　　　４．おびる

問題II ＿＿＿＿の言葉の意味が、それぞれのはじめの文と最も近い意味で使われている文を、1・2・3・4から一つ選びなさい。

(1) 向く……この仕事は力が要るので、女性には向かない。

1．息子の関心はサッカーに向いている。

2．毎朝足の向くまま散歩をする。

3．彼女はそっぽを向いて黙っていた。

4．この生地は薄くて夏服に向いている。

(2) のぞむ……入社にのぞんで、彼らは気持ちを新たにした。

1．親は常に子供の幸せをのぞんでいる。

2．試合にのぞむ彼の表情は緊張していた。

3．その別荘は富士山をのぞむ丘にある。

4．湖にのぞむ部屋は料金が少し高い。

(3) 引く……哲学者の有名な言葉を引くまでもなく、人間は考える動物なのである。

1．急に寒くなり、風邪を引く人が多い。

2．危ない仕事からは早く手を引け。

3．大事な言葉の下に線を引いておこう。

4．実際の例を引いて説明するとわかりやすい。

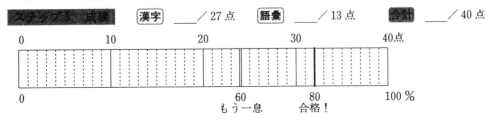

ステップ3 解答

漢字にチャレンジ 問題I (1) 3 (2) 2 (3) 3 (4) 1 (5) 3 (6) 1 (7) 4 (8) 2 (9) 2 (10) 3

問題II (1) 4 [治める 1．納 2．収 3．収 4．治] (2) 2 [介抱 1．改革 2．紹介 3．後悔 4．階級] 問題III (1) 2 (2) 3 (3) 1 (4) 2 (5) 1 (6) 2 (7) 4 (8) 1 (9) 1 (10) 2

問題IV (1) 1（さわった）[2．たずさわった 3．いつわった 4．ことわった] (2) 4（つぐ）[1．かせぐ 2．さわぐ 3．ふせぐ] (3) 2（いためる）[1．こめる 3．ながめる 4．つめる] (4) 1（おかす）[2．くつがえす 3．まかす 4．たおす] (5) 4（うえた）[1．うったえた 2．たえた 3．ひかえた]

語彙にチャレンジ 問題I (1) 4 (2) 2 (3) 4 (4) 1 (5) 4 (6) 2 (7) 3 (8) 2 (9) 3 (10) 2

問題II (1) 4 (2) 2 (3) 4

ステップ3 成績 漢字 ＿＿＿／27点 語彙 ＿＿＿／13点 合計 ＿＿＿／40点

ステップ4《重要形容詞 100》

1～100 の言葉について、意味を知っていれば○を、知らなければ×を入れて、あなたの語彙力をチェックしてください。後ろに漢字がありますが、はじめは漢字を見ないでチェックしましょう。

※1～50：い形容詞、51～100：な形容詞

1. あくどい（　　）　　2. あさましい（　　）　　3. あつかましい（　　）　　4. あっけない（　　）

5. うっとうしい（　　）　　6. おっかない（　　）　　7. おびただしい（　　）　　8. きまりわるい（　　）

9. けがらわしい（　　）　　10. こころづよい（　　）　　11. こころぼそい（　　）　　12. こころよい（　　）

13. しぶとい（　　）　　14. すがすがしい（　　）　　15. すばしこい（　　）　　16. すばやい（　　）

17. せつない（　　）　　18. そっけない（　　）　　19. たくましい（　　）　　20. たやすい（　　）

21. だらしない（　　）　　22. だるい（　　）　　23. つつましい（　　）　　24. とぼしい（　　）

25. なさけない（　　）　　26. なだかい（　　）　　27. なにげない（　　）　　28. なまぬるい（　　）

29. なやましい（　　）　　30. なれなれしい（　　）　　31. のぞましい（　　）　　32. はかない（　　）

33. ばかばかしい（　　）　　34. はなばなしい（　　）　　35. ひとしい（　　）　　36. ふさわしい（　　）

37. まぎらわしい（　　）　　38. まちどおしい（　　）　　39. みぐるしい（　　）　　40. みすぼらしい（　　）

41. むなしい（　　）　　42. めざましい（　　）　　43. もうしぶんない（　　）　　44. もっともらしい（　　）

45. ものたりない（　　）　　46. もろい（　　）　　47. ややこしい（　　）　　48. よくふかい（　　）

49. よそよそしい（　　）　　50. わずらわしい（　　）　　51. あやふや（　　）　　52. いいかげん（　　）

53. うつろ（　　）　　54. おおがら（　　）　　55. おおげさ（　　）　　56. おおはば（　　）

57. おおまか（　　） 58. おごそか（　　） 59. かすか（　　） 60. かっぱつ（　　）

61. きちょうめん（　　） 62. きまぐれ（　　） 63. きゃしゃ（　　） 64. きゅうくつ（　　）

65. きらびやか（　　） 66. こうみょう（　　） 67. こがら（　　） 68. こっけい（　　）

69. こまやか（　　） 70. しとやか（　　） 71. しなやか（　　） 72. すこやか（　　）

73. せいだい（　　） 74. せつじつ（　　） 75. そうだい（　　） 76. ぞんざい（　　）

77. だいたん（　　） 78. たくみ（　　） 79. たぼう（　　） 80. たよう（　　）

81. たんちょう（　　） 82. つきなみ（　　） 83. てがる（　　） 84. てぢか（　　）

85. なごやか（　　） 86. なめらか（　　） 87. のどか（　　） 88. ひさん（　　）

89. ひそう（　　） 90. ひんぱん（　　） 91. ふきつ（　　） 92. ぶなん（　　）

93. ふんだん（　　） 94. みじめ（　　） 95. むくち（　　） 96. むちゃ（　　）

97. もうれつ（　　） 98. ものずき（　　） 99. ゆううつ（　　） 100. ゆるやか（　　）

漢字チェック

1・2. ── 3. 厚かましい 4～7. ── 8. きまり悪い 9. ── 10. 心強い 11. 心細い 12. 快い
13～15. ── 16. 素早い 17. 切ない 18～23. ── 24. 乏しい 25. 情けない 26. 名高い
27. 何気ない 28. 生ぬるい 29. 悩ましい 30. 馴れ馴れしい 31. 望ましい 32・33. ── 34. 華々しい
35. 等しい 36・37. ── 38. 待ち遠しい 39. 見苦しい 40. ── 41. 空しい 42. 目覚ましい
43. 申し分ない 44. ── 45. 物足りない 46. 脆い 47. ── 48. 欲深い 49. ── 50. 煩わしい
51. ── 52. いい加減 53. 虚ろ 54. 大柄 55. 大げさ 56. 大幅 57. 大まか 58. 厳か
59. 微か 60. 活発 61. 几帳面 62. 気まぐれ 63. 華奢 64. 窮屈 65. ── 66. 巧妙
67. 小柄 68. 滑稽 69. 細やか 70. 淑やか 71. ── 72. 健やか 73. 盛大 74. 切実 75. 壮大
76. ── 77. 大胆 78. 巧み 79. 多忙 80. 多様 81. 単調 82. 月並み 83. 手軽 84. 手近
85. 和やか 86. 滑らか 87. ── 88. 悲惨 89. 悲愴 90. 頻繁 91. 不吉 92. 無難
93. ── 94. 惨め 95. 無口 96. 無茶 97. 猛烈 98. 物好き 99. 憂鬱 100. 緩やか

漢字にチャレンジ

問題Ⅰ □□ に入れるのに最も適当な漢字を、1・2・3・4から一つ選びなさい。

(1) 天然資源が □しい と、加工貿易に頼るほかない。　　　［1．苦　2．貧　3．乏　4．珍］

(2) 夏休み、早く来ないかなあ。待ち□しい なあ。　　　　［1．楽　2．遠　3．苦　4．悲］

(3) 優勝者は □大な 拍手で迎えられた。　　　　　　　　　［1．広　2．盛　3．壮　4．強］

(4) 昨年度の輸出額は 大□な 伸びを見せた。　　　　　　　［1．量　2．胆　3．筋　4．幅］

(5) この文章は □並み で、目新しさに欠ける。　　　　　　［1．月　2．人　3．家　4．足］

(6) 今度の台風は □烈な 風雨をもたらした。　　　　　　　［1．激　2．熱　3．鮮　4．猛］

(7) 当市はこの10年で目□しい 発展を遂げました。　　　　［1．新　2．覚　3．芳　4．欲］

(8) あの子は年のわりに 小□だ。　　　　　　　　　　　　［1．型　2．人　3．柄　4．体］

(9) いい □減な ことを言うんじゃない。正直に答えろ。　　［1．加　2．増　3．化　4．可］

(10) 立派な社会人がそんなことも知らないなんて、□ない。　［1．心　2．情　3．頭　4．味］

問題Ⅱ 次の文の下線をつけた言葉の二重線 (===) の部分は、どのような漢字を書きますか。
同じ漢字を使うものを、1・2・3・4から一つ選びなさい。

(1) この曲はリズムが<u>たんちょう</u>だ。
　　1．あの人は<u>きょくたん</u>な節約家です。　　　　2．<u>踏切</u>ではいっ<u>たん</u>停止をすること。
　　3．彼女は<u>たんき</u>で怒りっぽい。　　　　　　　4．今日の試験は意外に<u>かんたん</u>だった。

(2) <u>こうみょう</u>な手口の犯罪が増加している。
　　1．結婚して<u>みょうじ</u>が桜田に変わりました。　2．<u>みょうごにち</u>におじゃまいたします。
　　3．このごろ彼女が<u>みょう</u>に親切で変だな。　　4．あの歌手の<u>ほんみょう</u>は田中花子です。

問題III 次の文の下線をつけた漢字は、ひらがなでどう書きますか。1・2・3・4から一つ選び
なさい。

(1) 血圧の<u>著しい</u>上昇は危険信号だ。

[1．いちじるしい　2．おそろしい　3．うたがわしい　4．つつましい]

(2) 島の中央には<u>険しい</u>山がそびえている。

[1．むなしい　2．くわしい　3．けわしい　4．あつかましい]

(3) <u>華奢</u>ですが、体は丈夫です。　　　　[1．かしゃ　2．きゃしゃ　3．はなしゃ　4．げしゃ]

(4) 会議が<u>滑らか</u>に運ぶように、ご協力をお願いします。

[1．ほがらか　2．やすらか　3．なめらか　4．うららか]

(5) 4月に入ると、<u>穏やか</u>な天候の日が多くなる。

[1．おだやか　2．かろやか　3．さわやか　4．はれやか]

(6) 景気は<u>緩やか</u>な回復傾向にある。[1．すみやか　2．のびやか　3．ささやか　4．ゆるやか]

(7) 和服姿のあの<u>淑やか</u>な女性はだれ？

[1．あでやか　2．しとやか　3．はなやか　4．しゅくやか]

(8) わが子の<u>健やか</u>な成長を望まぬ親はない。

[1．わかやか　2．まろやか　3．すこやか　4．なごやか]

(9) 教会の中は<u>厳か</u>な雰囲気に包まれていた。

[1．おごそか　2．きよらか　3．おおらか　4．おろそか]

(10) 「<u>不吉</u>な予感がする」って？　変なことを言うな。

[1．ぶきち　2．ふきち　3．ふきつ　4．ぶきつ]

問題Ⅰ 次の文の＿＿＿の部分に入れるのに最も適当なものを、1・2・3・4から一つ選びなさい。

(1) コンピューターは＿＿＿進歩をとげた。今後もさらに改良されていくだろう。
　　1．すばしこい　　　　2．めざましい　　　　3．あわただしい　　　4．はかない

(2) ていねいにお願いしたのに「ダメ」と＿＿＿断られて、がっかりしてしまった。
　　1．そっけなく　　　　2．おっかなく　　　　3．もったいなく　　　4．とんでもなく

(3) 能力といい、人格といい、彼はこのグループのリーダーとして＿＿＿。
　　1．なさけない　　　　2．もうしぶんない　　3．もったいない　　　4．みっともない

(4) この辺りは地盤が＿＿＿ので、雨が続くと崖が崩れる恐れがある。
　　1．ひらたい　　　　　2．しぶとい　　　　　3．だるい　　　　　　4．もろい

(5) 細くて＿＿＿な枝は雪の重みに耐えられるが、太くて固い枝はかえって折れやすい。
　　1．すこやか　　　　　2．おごそか　　　　　3．しとやか　　　　　4．しなやか

(6) この作品は、確かによくできているが、何か＿＿＿。入賞は無理なのではないか。
　　1．なにげない　　　　2．ものたりない　　　3．かなわない　　　　4．きまりわるい

(7) せっかく頑張ったのに、だれも認めてくれないなんて、＿＿＿かぎりだ。
　　1．たくましい　　　　2．むなしい　　　　　3．ややこしい　　　　4．うっとうしい

(8) 漁業ができなくなる恐れもあり、海水の温度の上昇は漁師にとって＿＿＿問題である。
　　1．せつじつな　　　　2．きゅうくつな　　　3．こっけいな　　　　4．ろこつな

(9) 現場にいた人の話が＿＿＿で、はっきりした証言が得られない。
　　1．あべこべ　　　　　2．あやふや　　　　　3．ありのまま　　　　4．あやまち

(10) 毎日雨続きで、＿＿＿ったらありゃしない。
　　1．みすぼらしい　　　2．わずらわしい　　　3．うっとうしい　　　4．まぎらわしい

問題Ⅱ ＿＿＿＿の言葉の意味が、それぞれのはじめの文と最も近い意味で使われている文を、1・2・3・4から一つ選びなさい。

(1) 甘い……楽観が許されるほど問題は甘くないのだ。

    1．人が助けてくれるって？　考えが甘いよ。　2．母は甘い物、特にケーキに目がない。

    3．甘い言葉には気をつけなさい。　　　　　　4．この写真は残念ながらピントが甘い。

(2) 派手……彼は何かにつけ派手な行動で目立つ男だ。

    1．彼女は派手な顔立ちをしている。　　　　　2．この服、私には少し派手かしら。

    3．彼は最近派手に遊んでいるようだ。　　　　4．車は派手な色のがいいね。

(3) 汚い……裏から手をまわすなんて、汚いよ。

    1．わあ、汚い手。洗っていらっしゃい。　　　2．字が汚い手紙は、読む気がしない。

    3．汚い手を使ってまで勝ちたくない。　　　　4．男たちは汚い言葉でののしりあっていた。

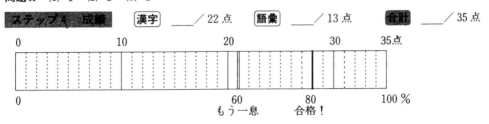

ステップ4　解答

漢字にチャレンジ　問題Ⅰ　(1) 3　(2) 2　(3) 2　(4) 4　(5) 1　(6) 4　(7) 2　(8) 3　(9) 1　(10) 2

問題Ⅱ　(1) 4 ［単調　1．極端　2．一旦　3．短気　4．簡単］　(2) 3 ［巧妙　1．名字　2．明後日

3．妙　4．本名］　問題Ⅲ　(1) 1　(2) 3　(3) 2　(4) 3　(5) 1　(6) 4　(7) 2　(8) 3　(9) 1　(10) 3

語彙にチャレンジ　問題Ⅰ　(1) 2　(2) 1　(3) 2　(4) 4　(5) 4　(6) 2　(7) 2　(8) 1　(9) 2　(10) 3

問題Ⅱ　(1) 1　(2) 3　(3) 3

ステップ4　成績　　漢字 ＿＿＿／22点　　語彙 ＿＿＿／13点　　合計 ＿＿＿／35点

```
0            10            20            30    35点
|------------|------------|------------|------------|
0                          60          80      100 %
                        もう一息    合格！
```

ステップ5《重要副詞その他100》

　1～100の言葉について、意味を知っていれば○を、知らなければ×を入れて、あなたの語彙力をチェックしてください。後ろに漢字がありますが、初めは漢字を見ないでチェックしましょう。

1. あしからず（　　）　　2. あっさり（　　）　　3. あらかじめ（　　）　　4. あんのじょう（　　）

5. いかにも（　　）　　6. いたって（　　）　　7. いちがいに（　　）　　8. いっきに（　　）

9. いっきょに（　　）　　10. いっさい（　　）　　11. いまさら（　　）　　12. おおかた（　　）

13. おのずから（　　）　　14. かろうじて（　　）　　15. かわるがわる（　　）　　16. きっかり（　　）

17. きっちり（　　）　　18. きっぱり（　　）　　19. くっきり（　　）　　20. ぐっすり（　　）

21. ぐっと（　　）　　22. げっそり（　　）　　23. ことごとく（　　）　　24. ことによると（　　）

25. こなごな（　　）　　26. さぞ／さぞかし（　　）　　27. しかしながら（　　）　　28. じっくり（　　）

29. しょっちゅう（　　）　　30. ずばり（　　）　　31. ずらっと（　　）　　32. すんなり（　　）

33. そくざに（　　）　　34. それゆえ（　　）　　35. たいがい（　　）　　36. だぶだぶ（　　）

37. だんぜん（　　）　　38. ちらっと（　　）　　39. つくづく（　　）　　40. てきぎ（　　）

41. てぎわよく（　　）　　42. てっきり（　　）　　43. てんで（　　）　　44. とうてい（　　）

45. どうにか（　　）　　46. どうやら（　　）　　47. とかく（　　）　　48. ときおり（　　）

49. とっさに（　　）　　50. とつじょ（　　）　　51. とりあえず（　　）　　52. とりわけ（　　）

53. なおさら（　　）　　54. なにとぞ（　　）　　55. なにより（　　）　　56. なるたけ（　　）

57. なんだか（　　）　　58. なんだかんだ（　　）　　59. なんと（　　）　　60. なんなりと（　　）

61. にちや（　　）　　62. のきなみ（　　）　　63. はらはら（　　）　　64. ひいては（　　）

65. ひごろ（　　）　　66. ひそかに（　　）　　67. ひたすら（　　）　　68. びっしょり（　　）

69. ひところ（　　）　　70. ひょっとすると（　　）　　71. ふいに（　　）　　72. ぶかぶか（　　）

73. ふらふら（　　）　　74. ぶらぶら（　　）　　75. ぺこぺこ（　　）　　76. ぼつぼつ（　　）

77. まさしく（　　）　　78. まるっきり（　　）　　79. むやみに（　　）　　80. むろん（　　）

81. もしかして（　　）　　82. もしくは（　　）　　83. もっか（　　）　　84. もっぱら（　　）

85. もろに（　　）　　86. やけに（　　）　　87. よほど（　　）　　88. ろくに（　　）

89. わざわざ（　　）　　90. うんざり(する)（　　）　　91. おどおど(する)（　　）

92. おろそかに(する)（　　）　　93. ちやほや(する)（　　）　　94. はらはら(する)（　　）

95. ふらふら(する)（　　）　　96. ぺこぺこ(する)（　　）　　97. ほっと(する)（　　）　　98. ～きり（　　）

99. ～ないし（　　）　　100. ～なみに（　　）

漢字チェック

1～3.── 　4. 案の定　5・6.── 　7. 一概に　8. 一気に　9. 一挙に　10. 一切
11. 今さら　12. 大方　13. 自ずから　14.── 　15. 代わる代わる　16～32.── 　33. 即座に
34～36.── 　37. 断然　38・39.── 　40. 適宜　41. 手際よく　42・43.── 　44. 到底
45～47.── 　48. 時折　49.── 　50. 突如　51～60.── 　61. 日夜　62. 軒並み
63～64.── 　65. 日頃　66～68.── 　69. ひと頃　70.── 　71. 不意に　72～79.──
80. 無論　81・82.── 　83. 目下　84～99.── 　100. ～並に

問題Ⅰ □□に入れるのに最も適当な漢字を、1・2・3・4から一つ選びなさい。

(1) 角から 不□ に子供が飛び出してきた。　　　　　［1．意　2．当　3．順　4．明］

(2) また遅刻かと思ったら、案の□ 彼は遅刻をした。　　［1．定　2．条　3．内　4．外］

(3) 秘書は山のような仕事を 手□よく 片付ける。　　　　［1．入　2．数　3．際　4．引］

(4) 大寒の今日は各地の最低気温が □並み 零下となった。　［1．人　2．月　3．家　4．軒］

(5) その問題については、□下、検討中です。　　　　　　［1．目　2．足　3．手　4．上］

(6) 無□、君の考えに賛成だよ。　　　　　　　　　　　　［1．論　2．念　3．言　4．限］

問題Ⅱ 次の文の下線をつけた言葉の二重線（ ═══ ）の部分は、どのような漢字を書きますか。
　　　　同じ漢字を使うものを、1・2・3・4から一つ選びなさい。

(1) 曇っているが、ときおり日が出る。
　　1．おひまなおり、お訪ねください。　　　2．ライオンがおりから逃げ出した。
　　3．この地方はおりもの工業がさかんだ。　4．明日は家におります。

(2) 難しくて、そくざには答えられない。
　　1．急ぐので、そくたつにします。　　　　2．土地をそくりょうした。
　　3．実状にそくした対応をしてほしい。　　4．時にはきゅうそくも必要だ。

(3) これのほうがだんぜんいいね。
　　1．だんせいと女性の差は何だろう。　　　2．だんたいには割引がある。
　　3．彼が犯人とはまだだんていできない。　4．かいだんを上って足腰をきたえた。

(4) 兄弟はかわるがわるブランコに乗った。
　　1．最近彼女の髪型がかわった。　　　　　2．円をドルにかえた。
　　3．本人にかわって母親がまいりました。　4．休みの日をほかの日にふりかえた。

問題III 次の文の下線をつけた言葉は、ひらがなでどう書きますか。1・2・3・4から一つ選びなさい。

(1) 大方そんなことだろうと思っていた。〔1．たいほう　2．だいほう　3．おおがた　4．おおかた〕

(2) 努力すれば自ずから成績は上がる。〔1．じずから　2．みずから　3．おのずから　4．しずから〕

(3) その程度のことは適宜判断してくれ。〔1．てきせつ　2．てきとう　3．てきぎ　4．てきせん〕

(4) 前に座っていた男が突如大声で叫んだ。〔1．とつじょ　2．とつにょ　3．とっか　4．とつぜん〕

問題IV 次の文の（　　）に入る適当な言葉を、下の1～15から一つ選びなさい。

(1) 私はその件には（　　）関係ありません。

(2) （　　）3人の子の父親となった彼は、驚きと喜びとで複雑な表情だ。

(3) そのグループの少年たちは、みな（　　）髪を染めていた。

(4) 春になると、いろいろな花が（　　）咲き始める。

(5) 問題は実に多様であるから、（　　）して扱うというのは無理だろう。

(6) 彼女だけが悪いと（　　）は言えないだろう。

(7) 4月から家賃を（　　）15パーセント引き上げます。

(8) 踏切では、車は（　　）停止することを義務付けられている。

1．一同	2．一旦	3．一面	4．一見	5．一切
6．一目	7．一層	8．一括 いっかつ	9．一気に	10．一様に
11．一律に	12．一挙に	13．一斉に	14．一概に	15．一心に

問題Ⅰ　次の文の_____部分に入れるのに最も適当なものを、1・2・3・4から一つ選びなさい。

(1)　仕事一筋に_____働くという生き方は、もう古い。

　　　1．ひたむき　　　　2．ひととおり　　　　3．ひといき　　　　4．ひたすら

(2)　プロの彼女には素人（しろうと）の私など_____かなわない。

　　　1．かろうじて　　　2．きわめて　　　　3．とうてい　　　　4．てっきり

(3)　最近、_____お金の要ることばかりだ。

　　　1．なんだかんだ　　2．それもこれも　　　3．ところどころ　　4．さんざん

(4)　いやあ、今夜はちょっと飲み過ぎた。足が_____する。

　　　1．ぶらぶら　　　　2．ふらふら　　　　3．ぺこぺこ　　　　4．はらはら

(5)　帰宅の途中で雨に降られて、_____ぬれてしまった。

　　　1．くっきり　　　　2．がっくり　　　　3．きっかり　　　　4．ぐっしょり

(6)　計画は_____失敗してしまった。あとはもう父に助けを求めるほかない。

　　　1．つくづく　　　　2．ことごとく　　　3．ものものしく　　4．なれなれしく

(7)　頼まれる仕事を_____引き受けていたら、大変なことになりますよ。

　　　1．とっさに　　　　2．まったく　　　　3．おおまかに　　　4．むやみに

(8)　昨日のサッカーの決勝戦は、逆転に次ぐ逆転で、_____させられた。

　　　1．はらはら　　　　2．すらすら　　　　3．ひらひら　　　　4．ふらふら

(9)　断るときは、あいまいな言い方をせずに_____断ったほうがいい。

　　　1．てっきり　　　　2．がっちり　　　　3．きっぱり　　　　4．くっきり

(10)　_____卒業はできたものの、あまりにもひどい成績で親に合わせる顔がない。

　　　1．ひょっとして　　2．かろうじて　　　3．おそくとも　　　4．なんなりと

(11) 風邪を引いて1週間何も食べられなかったために、_____やせてしまった。

　　　１．げっそり　　　　２．すんなり　　　　３．じっくり　　　　４．がっしり

(12) 事情を_____知りもしないであれこれ口を出すのはやめてくれ。

　　　１．もろに　　　　　２．ろくに　　　　　３．やけに　　　　　４．ふいに

(13) その男は何かにおびえているのか、_____した目であたりを見ていた。

　　　１．ずるずる　　　　２．ぼつぼつ　　　　３．おどおど　　　　４．うろうろ

(14) この空模様だと、_____明日は雨になりそうだ。

　　　１．どうやら　　　　２．なにやら　　　　３．どうにか　　　　４．なにとぞ

(15) なんだ、これは。_____役に立たないじゃないか。

　　　１．ことによると　　２．けっして　　　　３．いっそ　　　　　４．まるっきり

(16) 職人になるための修業には5年_____6年の時間が必要だ。

　　　１．それとも　　　　２．ばかり　　　　　３．ないし　　　　　４．とかく

(17) もう終わったんだ。_____そんなことを言っても遅すぎるよ。

　　　１．いまだ　　　　　２．いまなら　　　　３．いまや　　　　　４．いまさら

(18) 大学を目指して_____受験勉強に励んでいるみなさん、がんばってください。

　　　１．日夜　　　　　　２．全日　　　　　　３．過日　　　　　　４．終日

ステップ5　解答

漢字にチャレンジ　　問題Ⅰ　(1) 1　(2) 1　(3) 3　(4) 4　(5) 1　(6) 1　問題Ⅱ　(1) 1 ［時折　1．折　2．檻　3．織物　4．居り］　(2) 3 ［即座　1．速達　2．測量　3．即した　4．休息］　(3) 3 ［断然　1．男性　2．団体　3．断定　4．階段］　(4) 3 ［代　1．変　2．換　3．代　4．替］　問題Ⅲ　(1) 4　(2) 3　(3) 3　(4) 1　問題Ⅳ　(1) 5　(2) 12　(3) 10　(4) 13　(5) 8　(6) 14　(7) 11　(8) 2

語彙にチャレンジ　　問題Ⅰ　(1) 4　(2) 3　(3) 1　(4) 2　(5) 4　(6) 2　(7) 4　(8) 1　(9) 3　(10) 2　(11) 1　(12) 2　(13) 3　(14) 1　(15) 4　(16) 3　(17) 4　(18) 1

ステップ5　得点　　漢字 ＿＿＿／22点　　語彙 ＿＿＿／18点　　合計 ＿＿＿／40点

0　　　　10　　　　20　　　　30　　　　40点

0　　　　　　　　　　　　　　　60　　　　80　　　　100 %

もう一息　　合格！

総合問題

問題Ⅰ 次の文の下線をつけた言葉は、どのように読みますか。その読み方をそれぞれの１・２・
３・４から一つ選びなさい。

問１ 「心臓病に(1)夜更かしは(2)禁物です。(3)発作が起きる恐れがありますから。」と医者に言われた。

(1) 夜更かし 　　1．よふかし 　　　2．やこうかし 　　　3．よあかし 　　　4．よるあかし

(2) 禁物 　　　　1．きんもの 　　　2．きんぶつ 　　　　3．きんもつ 　　　4．きんじもの

(3) 発作 　　　　1．はっさ 　　　　2．ほっさ 　　　　　3．はつさく 　　　4．ほつさく

問２ うちの(1)親父が若いころ俳優に(2)憧れていたなんて、(3)初耳だ。

(1) 親父 　　　　1．おやちち 　　　2．しんふ 　　　　　3．おやじ 　　　　4．しんぷ

(2) 憧れて 　　　1．あこがれて 　　2．あきれて 　　　　3．まぬがれて 　　4．まねて

(3) 初耳 　　　　1．しょじ 　　　　2．しょみみ 　　　　3．はつじ 　　　　4．はつみみ

問３ (1)無言ながらも、(2)厳かな雰囲気の中に神を(3)敬う信者の心が現れ出ていた。

(1) 無言 　　　　1．むごん 　　　　2．むげん 　　　　　3．なしこと 　　　4．むこと

(2) 厳か 　　　　1．げんか 　　　　2．わずか 　　　　　3．ささやか 　　　4．おごそか

(3) 敬う 　　　　1．したう 　　　　2．うやまう 　　　　3．いわう 　　　　4．いこう

問４ 各地で(1)河川が(2)氾濫し、死者、(3)行方不明者の数は数千人にも上っている。

(1) 河川 　　　　1．はかわ 　　　　2．がせん 　　　　　3．かせん 　　　　4．かわがわ

(2) 氾濫 　　　　1．はんらん 　　　2．はんかん 　　　　3．はんがん 　　　4．こうずい

(3) 行方 　　　　1．ぎょうほう 　　2．ゆくかた 　　　　3．こうほう 　　　4．ゆくえ

問５ 料理ができたら、(1)器に(2)体裁よく(3)盛りつけてください。

(1) 器 　　　　　1．うつわ 　　　　2．き 　　　　　　　3．どんぶり 　　　4．わん

(2) 体裁 　　　　1．たいさい 　　　2．たいせい 　　　　3．ていさい 　　　4．ていせい

(3) 盛りつけて 　1．はりつけて 　　2．もりつけて 　　　3．はかりつけて 　4．さかりつけて

問題Ⅱ 次の文の下線をつけた言葉は、ひらがなでどう書きますか。同じひらがなで書く言葉を、1・2・3・4から一つ選びなさい。

(1) 好況を反映してデパートの売り上げが伸びている。

　　1．故郷　　　　　2．国境　　　　　3．高級　　　　　4．公共

(2) 娘は生まれて6カ月。かわいい歯が2本生えている。

　　1．添えて　　　　2．映えて　　　　3．支えて　　　　4．冷えて

(3) この度開発されたエンジンの構造はたいへん画期的なものだ。

　　1．活気　　　　　2．楽器　　　　　3．換気　　　　　4．化石

(4) 作家は常に小説の構想を練っている。

　　1．小僧　　　　　2．高尚　　　　　3．放送　　　　　4．高層

(5) 彼は会社の経営を息子に任すことにした。

　　1．負かす　　　　2．託す　　　　　3．渡す　　　　　4．致す

(6) 彼のような大家になると、作品を批評されることもなくなるようだ。

　　1．代価　　　　　2．親　　　　　　3．退化　　　　　4．大河

(7) 大学に通っているので、拘束時間の短いアルバイトを希望します。

　　1．後続　　　　　2．高卒　　　　　3．構造　　　　　4．高速

問題Ⅲ 次の文の下線をつけた言葉は、どのような漢字を書きますか。その漢字をそれぞれの1・2・3・4から一つ選びなさい。

問1 村の(1)かそかが進み、県は河川流域の新たな(2)ようとを(3)もさくしている。

　　(1) かそか　　　1．過粗化　　2．家素化　　3．過疎化　　4．家組化

　　(2) ようと　　　1．要通　　　2．用途　　　3．様子　　　4．養土

　　(3) もさく　　　1．模作　　　2．毛素　　　3．模索　　　4．毛索

51

問2 首相は(1)しじゅうかっこうばかり気にしていると、(2)やとうから(3)ひはんされている。

(1) しじゅう 　　1．四重　　　2．支周　　　3．始終　　　4．市中

(2) やとう 　　　1．野党　　　2．屋当　　　3．家島　　　4．矢答

(3) ひはん 　　　1．非伴　　　2．批判　　　3．否判　　　4．比伴

問3 夫の(1)しょうそくが(2)とだえて1年。残された妻は(3)うつろな日々を送っていた。

(1) しょうそく 　1．商足　　　2．催促　　　3．消息　　　4．尚速

(2) とだえて 　　1．途絶えて　2．跡絶えて　3．徒出えて　4．度耐えて

(3) うつろな 　　1．移ろな　　2．打ろな　　3．写ろな　　4．空ろな

問4 会社側は(1)じゅうぎょういんの要求を(2)こばみ、(3)こうしょうは不調に終わった。

(1) じゅうぎょういん 　1．自由業員　2．授業員　　3．従業員　　4．重業員

(2) こばみ 　　　1．拒み　　　2．断み　　　3．否み　　　4．絶み

(3) こうしょう 　1．高尚　　　2．交渉　　　3．公証　　　4．行性

問5 日本人の(1)さほうの(2)みなもとを(3)さぐる調査のレポートをまとめた。

(1) さほう 　　　1．左方　　　2．作法　　　3．左法　　　4．作方

(2) みなもと 　　1．源　　　　2．礎　　　　3．素　　　　4．基

(3) さぐる 　　　1．査る　　　2．策る　　　3．究る　　　4．探る

問題Ⅳ 次の文の下線をつけた言葉の二重線（ ＝＝ ）の部分は、どのような漢字を書きますか。
　　　　同じ漢字を使うものを、1・2・3・4から一つ選びなさい。

(1) おしょく事件で政府の高官が辞職に追い込まれた。

　　1．うちの犬のおは長い。　　　　　　2．大気おせんが問題になっている。

　　3．「おいわい」と書いた袋にお金を入れた。　4．山のおがわの水は冷たかった。

(2) 商品の価格については、現在、先方とこうしょうちゅうです。

　　1．政府は長期休暇をしょうれいしている。　2．ハトは平和のしょうちょうである。

　　3．石油が不完全ねんしょうすると危険だ。　4．他人にかんしょうされたくない。

(3) この作品を制作した作者のいとが、本書に述べられている。

　　1．石油のようとはとても広い。　　　　2．としょかんを利用する人が増えている。

　　3．開発とじょうの国を援助する。　　　4．先生とせいとが協力して道を清掃した。

(4) この間の論文にじゃっかん手を入れて、スピーチに使うことにした。

    1．親が子供の生活に<u>かんしょう</u>しすぎる。   2．この<u>かんじょう</u>は私が払います。

    3．手続きはすべて<u>かんりょう</u>した。   4．この入り口は<u>やかん</u>は使用できない。

(5) それぞれの荷物の<u>めかた</u>を測って、用紙に記入すること。

    1．この野菜は<u>かため</u>にゆでたほうがいい。   2．<u>かた</u>にはまった挨拶は抜きにしよう。

    3．お集まりの<u>かたがた</u>に申し上げます。   4．工事のため、<u>かたがわ</u>通行になっている。

(6) 老人<u>かいご</u>の方法を学ぶ人が増えている。

    1．この書類を至急<u>かいらん</u>してください。   2．エンジンの<u>かいりょう</u>で性能が上がった。

    3．一人ずつ自己<u>しょうかい</u>をした。   4．この家の住み心地は、<u>かいてき</u>です。

(7) この道具はとても便利で<u>ちょうほう</u>だ。

    1．何にでも<u>ちょうせん</u>してみよう。   2．雨の日の運転は<u>しんちょう</u>に。

    3．このボタンで音量を<u>ちょうせつ</u>する。   4．音楽家は<u>ちょうかく</u>が鋭い。

問題Ⅴ　次の文の＿＿＿部分に入れるのに最も適当なものを、1・2・3・4から一つ選びなさい。

(1) 新しい車を買ったとき、古い車を＿＿＿＿してもらった。

    1．交換   2．下取り   3．買い取り   4．交替

(2) これは、つまらない作品だ。＿＿＿＿＿としかいいようがないね。

    1．力作   2．小作   3．傑作   4．駄作

(3) 一口（ひとくち）に文学といっても、小説、詩など、いろいろな＿＿＿＿がある。

    1．ジャンル   2．ケース   3．システム   4．パターン

(4) 家賃が＿＿＿＿と、大家さんがいい顔をしない。

    1．とどこおる   2．はばむ   3．あせる   4．ただよう

(5) 人類の長い歴史から見れば、一人の人間の命なんて＿＿＿＿ものだ。

    1．みっともない   2．もろい   3．そっけない   4．はかない

(6) 人に注意しておいて自分が失敗するとは、実に＿＿＿＿話だ。

    1．ありふれた   2．あやふやな   3．こっけいな   4．月並みな

(7) 愛読書ですか。特にありませんが、＿＿＿＿言えば、毎日読む新聞でしょうか。

    1．例えて　　　　　2．強いて　　　　　3．促して　　　　　4．対して

(8) 彼の説は、従来の理論を＿＿＿＿画期的なものであった。

    1．くりかえす　　2．くつがえす　　3．くちずさむ　　4．くいちがう

(9) こんなに辛い思いをするくらいなら、＿＿＿＿死んでしまおうと思ったこともあった。

    1．ひとまず　　　2．とりわけ　　　3．やけに　　　　4．いっそ

(10) ＿＿＿＿を見て品質を確かめてから、買うかどうか決めよう。

    1．見本　　　　　2．目途　　　　　3．相場　　　　　4．総合

(11) 明日は試験か。＿＿＿＿だな。休みたいなあ。

    1．ゆかい　　　　2．ゆうび　　　　3．ゆううつ　　　4．ゆうえき

(12) 窓を開けると、高原の＿＿＿＿空気が入ってきた。

    1．すばやい　　　2．うっとうしい　3．めざましい　　4．すがすがしい

(13) 豊かな老後を送るには、できるだけ運動をして体力を＿＿＿＿ことが大切だ。

    1．たえる　　　　2．たもつ　　　　3．たよる　　　　4．たどる

(14) 政府の政策について、＿＿＿＿を求められた。

    1．コメント　　　2．インタビュー　3．タイトル　　　4．インフレ

(15) 少年は警察官に囲まれて、＿＿＿＿していた。

    1．ちょくちょく　2．ずるずる　　　3．おどおど　　　4．ぼつぼつ

(16) メディアの発達のおかげで、＿＿＿＿にいながら世界の様子を知ることができる。

    1．床の間　　　　2．茶の間　　　　3．客間　　　　　4．すき間

(17) あなたに＿＿＿＿もらったお金、返さなくちゃ。いくらだったっけ。

    1．もちかえて　　2．つめかえて　　3．ふりかえて　　4．たてかえて

(18) 失敗を重ねても、いっこうに気にする様子はない。あいつは実に＿＿＿＿男だ。

    1．くすぐったい　2．すばしこい　　3．あっけない　　4．しぶとい

(19) 彼女は何事にも＿＿＿＿取り組むタイプで、仕事はおそいが確実だ。

　　　１．じっくり　　　　２．くっきり　　　　３．てっきり　　　　４．めっきり

(20) 彼と彼女は、高校の先輩と後輩という＿＿＿＿だそうです。

　　　１．つながり　　　　２．なかま　　　　　３．あいだがら　　　４．どうし

(21) そんなに仲間を＿＿＿＿ばかりいないで、たまにはほめてもいいのに。

　　　１．こなして　　　　２．けなして　　　　３．せかして　　　　４．くつがえして

(22) 彼がそこへ行ったという事実は＿＿＿＿で、疑うべくもない。

　　　１．明朗
　　　めいろう　　　２．明瞭
　　　めいりょう　　　３．明白　　　　　　４．明確

(23) それは彼女ならではの＿＿＿＿なアイデアだ。

　　　１．ユニーク　　　　２．ユニフォーム　　３．モニター　　　　４．モーテル

問題Ⅵ　＿＿＿＿の言葉の意味が、それぞれのはじめの文と最も近い意味で使われている文を、１・
　　　　　２・３・４から一つ選びなさい。

(1) 節……竹には節がある。

　　　１．人生の節目節目に心に残る人がいるものだ。

　　　２．その女性は妙な節をつけて話すので、何を言っているのかよくわからなかった。

　　　３．彼の言っていることには疑わしい節がある。

　　　４．この歌は昔はやった歌と、歌詞は同じだが、節が違うようだ。

(2) 軽い……はじめは軽く考えていたのだが、こんなに大変だったとは。

　　　１．今朝は朝が遅かったから、軽い食事にしよう。

　　　２．あの人は口が軽いから注意したほうがいいよ。

　　　３．期末試験が済んで、身も心も軽くなったような気がする。

　　　４．どんな場合にも対戦相手を軽く見てはいけない。

(3) 力……計画が実現できなかったのは、私の力不足のせいです。

　　　１．力で負けても技で勝つこともある。　　　　２．兄弟で力を合わせてがんばろう。

　　　３．失敗しても、力を落とさずにがんばれ。　　４．できるだけ君の力になりたいと思う。

(4) つまる……セーターを洗濯したら、丈（たけ）がつまって着られなくなった。

　　１．ストーブの煙突がつまってしまった。　　２．今週は仕事がびっしりつまっている。

　　３．両者のレベルの差がだんだんつまってきた。　　４．鋭い質問を受けて、返答につまった。

(5) 弱い……あの人は数字に弱いから、会計の仕事なんて無理です。

　　１．男は美人に弱いものだ。　　２．彼は精神的に弱い面がある。

　　３．機械に弱い私でもこれくらい直せる。　　４．海上は、弱い風が吹いていた。

文字・語彙　総合問題　解答

問題Ⅰ［１点×15問］　**問1**　(1) 1　(2) 3　(3) 2　**問2**　(1) 3　(2) 1　(3) 4　**問3**　(1) 1　(2) 4
(3) 2　**問4**　(1) 3　(2) 1　(3) 4　**問5**　(1) 1　(2) 3　(3) 2

問題Ⅱ［１点×７問］　(1) 4（こうきょう）［１．こきょう　２．こっきょう　３．こうきゅう］　(2) 2
（はえて）［１．そえて　３．ささえて　４．ひえて］　(3) 1（かっき）［２．がっき　３．かんき　４．か
せき］　(4) 4（こうそう）［１．こぞう　２．こうしょう　３．ほうそう］　(5) 1（まかす）［２．たくす
３．わたす　４．いたす］　(6) 3（たいか）［１．だいか　２．おおや　４．だいや］　(7) 4（こうそく）
［１．こうぞく　２．こうそつ　３．こうぞう］

問題Ⅲ［１点×15問］　**問1**　(1) 3　(2) 2　(3) 3　**問2**　(1) 3　(2) 1　(3) 2　**問3**　(1) 3　(2) 1
(3) 4　**問4**　(1) 3　(2) 1　(3) 2　**問5**　(1) 2　(2) 1　(3) 4

問題Ⅳ［１点×７問］　(1) 2［汚職　１．尾　２．汚染　３．御祝　４．小川］　(2) 4［交渉　１．奨励
２．象徴　３．燃焼　４．干渉］　(3) 2［意図　１．用途　２．図書館　３．途上　４．生徒］　(4) 1
［若干　１．干渉　２．勘定　３．完了　４．夜間］　(5) 3［目方　１．固め　２．型　３．方々　４．片
側］　(6) 3［介護　１．回覧　２．改良　３．紹介　４．快適］　(7) 2［重宝　１．挑戦　２．慎重　３．
調節　４．聴覚］

問題Ⅴ　［２点×23問］　(1) 2　(2) 4　(3) 1　(4) 1　(5) 4　(6) 3　(7) 2　(8) 2　(9) 4　(10) 1
(11) 3　(12) 4　(13) 2　(14) 1　(15) 3　(16) 2　(17) 4　(18) 4　(19) 1　(20) 3　(21) 2　(22) 3　(23) 1

問題Ⅵ　［２点×５問］　(1) 1　(2) 4　(3) 2　(4) 3　(5) 3

文字・語彙　総合問題　成績　＿＿＿／100点

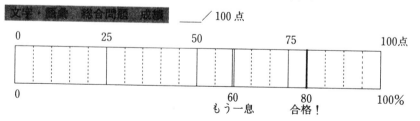

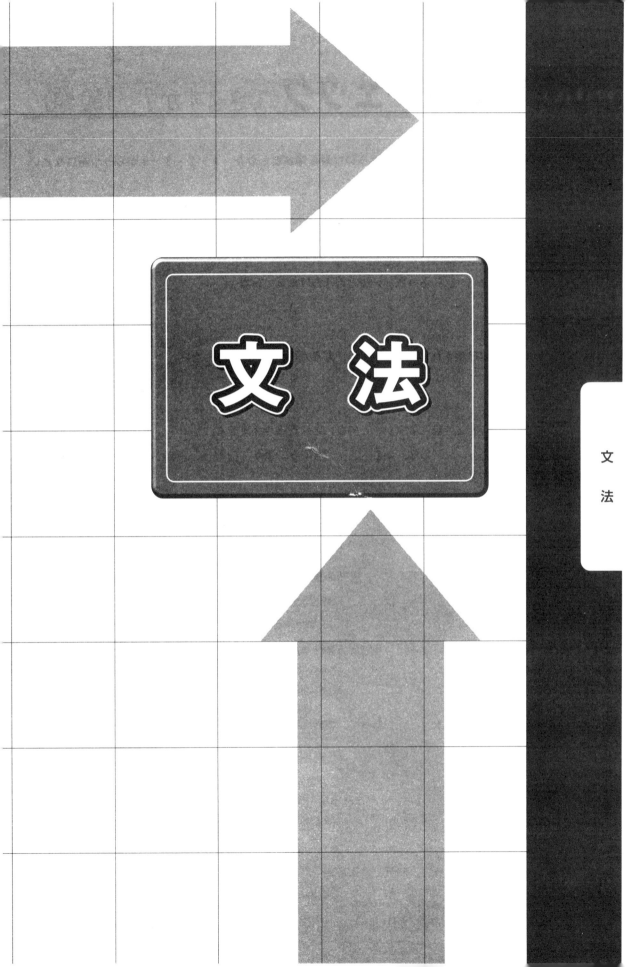

文　法

上級文法チェック《できますか？　150題》

問題　次の文の（　　　）の中に入れるのに最も適当なものを、1・2・3・4から一つ選びなさい。

(1)　彼は政治家として信頼（　　　）足る人物だ。

1．が　　　　　　　2．を　　　　　　　3．に　　　　　　　4．で

(2)　上司の命令（　　　）あれば、いやと言うわけにはいかない。

1．と　　　　　　　2．が　　　　　　　3．に　　　　　　　4．も

(3)　自然は一度破壊された（　　　）最後、もう元の状態にはもどらない。

1．に　　　　　　　2．を　　　　　　　3．が　　　　　　　4．と

(4)　契約の内容をよく読んで（　　　）でないと、返事できません。

1．まで　　　　　　2．から　　　　　　3．より　　　　　　4．ほど

(5)　九州では桜が咲き始めた（　　　）。春ももうすぐですね。

1．から　　　　　　2．のを　　　　　　3．だが　　　　　　4．とか

(6)　この間の試験はひどく悪かった。苦手の数学に至って（　　　）クラスの最下位だった。

1．と　　　　　　　2．は　　　　　　　3．から　　　　　　4．でも

(7)　市民の批判（　　　）よそに、今日も市長は会議中にいねむりをしていた。

1．に　　　　　　　2．が　　　　　　　3．を　　　　　　　4．の

(8)　ゴールデンウィーク（　　　）あって、観光地はどこも大変な人出だ。

1．と　　　　　　　2．に　　　　　　　3．で　　　　　　　4．は

(9)　お忙しいところ（　　　）、わざわざお越しくださいましてありがとうございます。

1．が　　　　　　　2．で　　　　　　　3．に　　　　　　　4．を

(10)　開会（　　　）あたって、知事がご挨拶をいたします。

1．で　　　　　　　2．が　　　　　　　3．に　　　　　　　4．と

(11) その女のあまりのあつかましさ（　　　）、私はあきれてしまった。

    1．を   2．で   3．から   4．に

(12) 大阪は東京（　　　）ついで人口が多い。

    1．から   2．に   3．を   4．が

(13) 給料の２割増（　　　）条件に、その仕事を引き受けることにした。

    1．が   2．まで   3．の   4．を

(14) 一週間にわたる試験もいよいよ明日（　　　）終わる。

    1．で   2．が   3．に   4．まで

(15) この村の子供たちは、５km（　　　）ある山道を、歩いて小学校に通っている。

    1．から   2．より   3．だけ   4．まで

(16) 彼なり（　　　）よく考えて出した結論ならば、そうするより仕方がないだろう。

    1．で   2．と   3．に   4．も

(17) 離婚の原因は彼にあるが、彼女（　　　）したって、ある程度は後悔していると思うよ。

    1．が   2．から   3．を   4．に

(18) いくら優勝したいからといって、体を壊すまで練習しなくてもいいもの（　　　）。

    1．を   2．か   3．だ   4．と

(19) 労働（　　　）の余暇である。ただ休みが多ければいいというものではない。

    1．であって   2．あって   3．とあって   4．にあって

(20) 互いの信頼関係（　　　）何の友情だろうか。

    1．がなしに   2．をなくして   3．なくして   4．をなしに

(21) 失敗を経験（　　　）こそ、よりたくましくなれるのだ。

    1．すれば   2．したら   3．する   4．し

(22) 少し高いので、（　　　）、買うまいかと迷っている。

    1．買わないか   2．買おうが   3．買おうか   4．買おうではないか

(23) 「食べ放題」というのは、食べたい（　　）食べていいということです。

    1．かぎり   2．だけ   3．ほど   4．まで

(24) 前にも述べた（　　）、私の決意は少しも変わっていない。

    1．なりに   2．きり   3．まま   4．ごとく

(25) 楽しいこと（　　）だった正月休みも終わり、また仕事に戻らなければならない。

    1．きり   2．ずくめ   3．ほど   4．くらい

(26) 時間がなかった（　　）、準備が整わず申し訳ありません。

    1．からは   2．もので   3．ことだから   4．ものなら

(27) 5年ぶりに会った甥は、見違える（　　）成長していた。

    1．ほど   2．だけに   3．さえ   4．かのように

(28) 実力がありながら、上司の評価が低いばかり（　　）出世できない社員もいないわけではない。

    1．が   2．で   3．に   4．と

(29) 私の作品が金賞をいただくとは、光栄の（　　）でございます。

    1．いたり   2．かぎり   3．きわまり   4．めぐり

(30) この企画は委員会の決定（　　）作られた。

    1．からして   2．にそって   3．にあって   4．について

(31) 細かい手作業に（　　）、本田君の右に出る者はいない。

    1．かけては   2．対して   3．向けて   4．つけては

(32) 若いうちは何にでも積極的に挑戦してみる（　　）。

    1．ところです   2．ばかりです   3．はずです   4．ことです

(33) うちの息子（　　）、学校にも行かずにアルバイトばかりしている。

    1．といっても   2．としては   3．としたら   4．ときたら

(34) 経験の浅い新人の（　　）、不手際も多いかと思いますが、よろしくお願いいたします。

    1．ものを   2．だけに   3．ことゆえ   4．ことから

(35) 政治家のスキャンダルは、（　　）個人の問題のみならず、政治家全体の問題である。

　　　1．ひとつ　　　　　2．ひとり　　　　　3．ひとこと　　　　4．ひとたび

(36) 卒業する学生諸君、君たちの今後の活躍を願って（　　）。

　　　1．たまりません　　2．禁じ得ません　　3．やみません　　　4．たえません

(37) 王家の贅沢の（　　）を尽くした宮殿はすばらしいといったらない。

　　　1．至り　　　　　　2．高み　　　　　　3．深み　　　　　　4．限り

(38) 営業成績を上げる（　　）、社員一同がんばっている。

　　　1．べく　　　　　　2．だに　　　　　　3．なり　　　　　　4．とは

(39) 国境周辺での衝突を（　　）、両国の戦闘が開始された。

　　　1．もとにして　　　2．ぬきにして　　　3．きっかけとして　4．はじめとして

(40) 失恋の痛みは身を（　　）経験してはじめてわかるものだ。

　　　1．とって　　　　　2．もって　　　　　3．かけて　　　　　4．つけて

(41) 成功おめでとう。この企画は、君の力（　　）できなかっただろう。

　　　1．ないまで　　　　2．ないでは　　　　3．ならでは　　　　4．なしには

(42) この事件の裏に大物政治家が存在することは、想像に（　　）。

　　　1．がたい　　　　　2．かたくない　　　3．かねない　　　　4．かねる

(43) 中小企業への政府の補助は、個々の企業の実情に（　　）行われるべきだ。

　　　1．基にして　　　　2．関して　　　　　3．即して　　　　　4．限って

(44) 公演は、東京を（　　）、名古屋、大阪と、日本各地を回る予定だ。

　　　1．きっかけに　　　2．はじめに　　　　3．限りに　　　　　4．皮切りに

(45) 人の顔を（　　）なり笑い出すなんて、失礼なやつだ。

　　　1．見る　　　　　　2．見た　　　　　　3．見ない　　　　　4．見て

(46) 研究者（　　）者、真実を追究する心を失ってはならぬ。

　　　1．ごとき　　　　　2．まじき　　　　　3．たる　　　　　　4．ある

(47) ずいぶん春（　　）まいりました。お変わりなくお過ごしでしょうか。

　　　1．らしく　　　　　2．まみれて　　　　3．めいて　　　　　4．ともなって

(48) こんなことになるとは想像（　　）しなかった。

　　　1．ばかり　　　　　2．まで　　　　　　3．とは　　　　　　4．だに

(49) 娘は勉強もせずに遊んでばかりいたが、ついに高校をやめて歌手になりたいと言い出す（　　）で、私も妻も困りきっている。

　　　1．あげく　　　　　2．しまつ　　　　　3．結果　　　　　　4．最後

(50) 釣り自慢の父は、体長が1メートル（　　）魚を釣って、大得意である。

　　　1．からする　　　　2．もする　　　　　3．からある　　　　4．よりある

(51) 兄は、大学で医学を勉強する（　　）、小説を書いている。

　　　1．かたわら　　　　2．がてら　　　　　3．ついで　　　　　4．かたがた

(52) 「おいおい、電気が（　　）よ」「あっ、いけない。消しといて」

　　　1．つけかけだ　　　2．つけっぽい　　　3．つけっぱなしだ　4．つけっきりだ

(53) この島には、電話（　　）、水道も電気もない。

　　　1．はおろか　　　　2．が最後　　　　　3．までも　　　　　4．ですら

(54) あの二人はよほど仲が悪いのだろう。いつも（　　）言葉で言い争っている。

　　　1．聞くにたえない　2．聞きづらい　　　3．聞きかねない　　4．聞きにくい

(55) そんなにひどくなるまで我慢をするなんて。言ってくれれば病院へ連れていってあげた（　　）。

　　　1．わけだ　　　　　2．ものだ　　　　　3．ものを　　　　　4．ものの

(56) オリンピックで（　　）がために、選手たちは血のにじむような練習を続けている。

　　　1．優勝せん　　　　2．優勝した　　　　3．優勝しよう　　　4．優勝せぬ

(57) 「現在の法律では被害者の人権が守られていない」と彼女は涙（　　）訴えた。

　　　1．ながらも　　　　2．ばかりに　　　　3．ながらに　　　　4．がちに

(58) そんなことはわかりきっている。今さら（　　）。

　　1．言うまでだ　　　　2．言うまでもない　　3．言わないまでだ　　4．言うまでのことだ

(59) 子供の暴力事件は常に存在していたが、最近は以前（　　）暴力が激化しているようだ。

　　1．にも及んで　　　　2．に至って　　　　3．に対して　　　　4．にもまして

(60) 片付けた（　　）子供がちらかすので、部屋がきれいにならない。

　　1．そばから　　　　2．あとから　　　　3．わきから　　　　4．のちから

(61) 計画は完璧だ。あとは、（　　）実行するのみ。

　　1．さて　　　　　　2．なお　　　　　　3．ただ　　　　　　4．まだ

(62) 貴重な水だ。1滴（　　）無駄にしてはいけない。

　　1．を限りに　　　　2．ともなく　　　　3．たりとも　　　　4．をもって

(63) 彼女は重圧を（　　）、のびのびとした演技で見事に1位を獲得した。

　　1．わけもなく　　　2．こともなく　　　3．ものともせずに　　4．ないとはいえ

(64) 本日は、6時（　　）閉店とさせていただきます。またのご来店をお待ち申し上げます。

　　1．をもって　　　　2．にあって　　　　3．にして　　　　　4．を限りに

(65) 子供は（　　）、人間関係でストレスを感じている。

　　1．子供ならでは　　2．大人までも　　　3．子供なりに　　　4．大人もさることながら

(66) 佐藤君は、能力（　　）人柄（　　）、この仕事にふさわしい人物だ。

　　1．やら、やら　　　2．といい、といい　　3．とか、とか　　　4．なり、なり

(67) 犬は主人の姿を（　　）が早いか、元気よく走り寄った。

　　1．見て　　　　　　2．見た　　　　　　3．見る　　　　　　4．見よう

(68) 競技場に着いたとき、試合はすでに（　　）。

　　1．始まりかけた　　2．始まった　　　　3．始まっていた　　4．始まったばかりだった

(69) 一時停止をせずに交差点に入り、あやうく衝突する（　　）。

　　1．ばかりだった　　2．ところだった　　3．そうになった　　4．ことになった

(70) アメリカ人と話しているとき、自分の英語が（　　）と不安になることがある。

　　１．上手ではないか　　　　　　　　　２．下手ではない

　　３．上手なのではないか　　　　　　　４．下手なのではないか

(71) 彼女は、さも私がバカだと（　　）の顔でこっちを見た。

　　１．言わんばかり　　２．言う限り　　　３．言いたげ　　　４．言うとは限らない

(72) 子供が元気で（　　）、親は安心していられるものだ。

　　１．こそすれば　　　２．さえすれば　　　３．こそあれば　　　４．さえあれば

(73) シャツのボタンが（　　）から、糸と針を持ってきて。

　　１．とれている　　　２．とられてある　　３．とっている　　　４．とられる

(74) そのピアニストは16歳（　　）コンクールに優勝した。

　　１．をもって　　　　２．をして　　　　３．にして　　　　４．にとって

(75) 震災後の神戸の街は、見るに（　　）状態であった。

　　１．かたい　　　　　２．すぎない　　　　３．ほかならない　　４．たえない

(76) 長年の研究が実り受賞できたことは、（　　）至りです。

　　１．うれしい　　　　２．幸せな　　　　　３．感激の　　　　　４．喜ぶ

(77) その議員は言う（　　）言葉を吐いて、世間を騒がせた。

　　１．べく　　　　　　２．べからざる　　　３．べからず　　　　４．べくもない

(78) 人間にとって、生活の維持も（　　）、よりよく生きることが大切な問題だ。

　　１．さることながら　２．かまわず　　　　３．かかわらず　　　４．ものともせずに

(79) クレジットカードの使いすぎで、破産しない（　　）借金の返済に苦しむ人が増えている。

　　１．とすると　　　　２．かぎり　　　　　３．ところで　　　　４．までも

(80) 両親とも芸術家（　　）、彼女のセンスのよさは抜群だ。

　　１．とあって　　　　２．からして　　　　３．とあいまって　　４．からすると

(81) 新空港の建設候補地は、交通の便のよさという点で当地（　　）ほかにはないだろう。

　　1．にひきかえ　　　2．にしては　　　3．と言わず　　　4．をおいて

(82) 収入の多少を（　　）税率が一律であるとは、どうも納得できない。

　　1．よそに　　　　2．かかわらず　　3．問わず　　　　4．通じて

(83) 我々はとかく西洋医学を信じすぎる（　　）がある。

　　1．きらい　　　　2．がち　　　　　3．つもり　　　　4．しまつ

(84) 結婚（　　）しまいが自由だが、子供に対する責任だけはきちんと果たすべきだ。

　　1．するか　　　　2．しても　　　　3．しようが　　　4．しようにも

(85) 残り時間あと2分。もう絶対に負けたと（　　）、最後の最後で逆転した。

　　1．思おうにも　　2．思いきや　　　3．思ったにせよ　4．思わずには

(86) 人前でスピーチをするのは初めてのこと（　　）、彼はすっかり緊張していた。

　　1．とて　　　　　2．にあって　　　3．として　　　　4．といって

(87) 心理学者と（　　）、自分の娘の心理が理解できないこともあるようだ。

　　1．いうと　　　　2．いったら　　　3．おえば　　　　4．いえども

(88) 失敗してから後悔した（　　）、今さらどうしようもない。

　　1．もので　　　　2．ことで　　　　3．ところで　　　4．はずで

(89) 社員（　　）の会社であるはずが、この会社は社員の待遇を一向に改善しようとしない。

　　1．として　　　　2．にとって　　　3．あって　　　　4．あれば

(90) 毎日汗（　　）になって働いても、生活はなかなか楽にならない。

　　1．ばかり　　　　2．ずくめ　　　　3．がてら　　　　4．まみれ

(91) 前の席の二人の会話を聞く（　　）聞いていたら、姉の名前が出てきて驚いた。

　　1．ように　　　　2．ために　　　　3．ことなしに　　4．ともなしに

(92) 「お前（　　）におれの気持ちなどわかるものか！」と彼はどなった。

　　1．ごとき　　　　2．くらい　　　　3．だけ　　　　　4．みたい

(93) 昇進できるかどうかは、今年の営業成績（　　）だ。

1．まで　　　　　　2．しまつ　　　　　3．かぎり　　　　　4．いかん

(94) 財布を忘れ、買い物を（　　）にもできなかった。

1．できる　　　　　2．しよう　　　　　3．する　　　　　　4．できよう

(95) 人の失敗を笑い話にするとは、失礼（　　）やつだ。

1．かぎる　　　　　2．かねる　　　　　3．きわまる　　　　4．いたる

(96) いつも慎重な彼に（　　）めずらしく、思い切ったことをしたものだ。

1．しては　　　　　2．しても　　　　　3．かぎって　　　　4．かえって

(97) 彼の無礼な行為は、若さ（　　）の過ちとして片付けられるものではない。

1．だけ　　　　　　2．より　　　　　　3．のみ　　　　　　4．ゆえ

(98) 私の知る（　　）、彼と彼女の仲はうまくいっているようだ。

1．限りに　　　　　2．限って　　　　　3．限りでは　　　　4．限らず

(99) 今日は天気がいいから、散歩（　　）一人暮らしの祖母の様子を見てこよう。

1．ながら　　　　　2．がてら　　　　　3．かたわら　　　　4．つつ

(100) 高い評価を得ている彼女だが、最近の演奏は以前にも（　　）すばらしい。

1．加えて　　　　　2．及んで　　　　　3．比べて　　　　　4．まして

(101) 子供の将来を（　　）こそ、親は心を鬼にして叱ることもある。

1．思えば　　　　　2．思うと　　　　　3．思ったら　　　　4．思うなら

(102) 三つや四つの子供では（　　）、いつまでも人に頼っていてはだめだ。

1．ないだろうと　　2．あるまいし　　　3．なくても　　　　4．ありそうもなく

(103) 一緒に入社した彼が昇進したのに（　　）、私はいまだに平社員のままだ。

1．かえって　　　　2．ひきかえ　　　　3．かかわらず　　　4．かわって

(104) 人間60歳（　　）、多かれ少なかれ、先のことを考えるものだ。

1．ともなると　　　2．からすると　　　3．からして　　　　4．とあって

(105) よほど疲れていたのだろう。彼女は横になる（　　）、寝入ってしまった。

　　　1．きり　　　　　　　2．まま　　　　　　　3．や否や　　　　　　4．とは

(106) 歌は得意ではないが、「ぜひに」と言われれば、（　　）。

　　　1．歌うべくもない　　　　　　　　　2．歌うにはあたらない

　　　3．歌わないものか　　　　　　　　　4．歌わないものでもない

(107) できないと言ってしまえば（　　）が、とにかくやれるだけやってみよう。

　　　1．それまでだ　　　2．それだけだ　　　3．そのとおりだ　　4．それよりほかない

(108) もっとひどい例があるのだから、これぐらいで驚く（　　）。

　　　1．どころではない　　2．にほかならない　　3．にはあたらない　　4．にかたくない

(109) あれほど注意されたのに規則違反をしたのだから、学校側は彼らを処罰（　　）だろう。

　　　1．されずにはすまない　　　　　　　2．せずにはおかない

　　　3．しないではいられない　　　　　　4．しようにもできない

(110) あんな弱いチームに負けるなんて、（　　）。

　　　1．くやしくてたえない　　　　　　　2．くやしいきらいがある

　　　3．くやしいったらない　　　　　　　4．くやしいものでもない

(111) 青少年の犯罪が増えている。親は、「知らない」（　　）はずだ。

　　　1．ともいえない　　2．といえばいい　　3．ではすまない　　4．といわないでもない

(112) どんなにアルバイトをしても、1カ月の収入は12、3万円（　　）。

　　　1．からになる　　　　2．といったところだ　3．ということだ　4．といったものだ

(113) 不正に公金を使用した部長は、退職（　　）。

　　　1．を禁じ得ない　　　2．すべからざる　　　3．を余儀なくされた　　4．のほかでもない

(114) 彼は、若手画家の作品を「こんなものは芸術じゃない」と批判した。これに対し、私は「これこそ芸術だ。これが芸術（　　）」と反論した。

　　　1．でなくて何になる　　　　　　　　2．でなくて何でもいい

　　　3．でなくて何だろう　　　　　　　　4．でなくて何でもない

(115) 外国へ行くのにパスポートを忘れる（　　）、信じられないやつだ。

　　1．とか　　　　　2．のを　　　　　3．には　　　　　4．とは

(116) 一人暮らしは、楽しいと言えないまでも、（　　）。

　　1．やはり、家族と一緒がいい　　　　2．やはり、さびしいものだ

　　3．不自由なこともある　　　　　　　4．気楽でいい

(117) 当社では新入社員の採用にあたり、応募者の学業成績（　　）、趣味、特技も考慮して選考を行っている。

　　1．にもまして　　　2．をものともせず　3．のみならず　　　4．にひきかえ

(118) 今月末（　　）、当店は閉店いたします。長い間ありがとうございました。

　　1．をおいて　　　　2．であって　　　　3．をよそに　　　　4．を限りに

(119) 他人がやった仕事を、自分がやったかのように自慢するとは、不愉快（　　）。

　　1．至らない　　　　2．極まりない　　　3．限らない　　　　4．かねない

(120) うれしい（　　）悲しい（　　）、思い出すのは故郷の山々だ。

　　1．とも、とも　　　2．なり、なり　　　3．やら、やら　　　4．につけ、につけ

(121) 就職の挨拶（　　）、大学時代の恩師を訪ねた。

　　1．ついで　　　　　2．かたわら　　　　3．かたがた　　　　4．なしに

(122) 子供に暴力をふるうとは、教師に（　　）まじき行為だ。

　　1．なる　　　　　　2．する　　　　　　3．ある　　　　　　4．いう

(123) 彼女は 1,000 万円（　　）車を買ったそうだ。

　　1．までする　　　　2．からする　　　　3．ともなる　　　　4．からなる

(124) この問題はわが社の名誉に（　　）問題だから、裁判をしてでも争う覚悟だ。

　　1．かけた　　　　　2．そくした　　　　3．かんする　　　　4．かかわる

(125) そんなこと、わたしですら知っているのに、あなたが（　　）なんて信じられない。

　　1．知っていた　　　2．知らせなかった　3．知りたくない　　4．知らなかった

(126) 今日の仕事は今日やる（　　）。明日は明日の仕事がある。

    1．べき　　　　　　2．べく　　　　　　3．べし　　　　　　4．べからず

(127) 父は、警官という職に（　　）、一日も職務を忘れることはなかった。

    1．かけて　　　　　2．したって　　　　3．あって　　　　　4．かぎって

(128) 困ったことがあったら、先生（　　）事務の人（　　）に相談してください。

    1．やら、やら　　　2．なり、なり　　　3．にせよ、にせよ　4．であれ、であれ

(129) おいしい！　やはり天ぷらはこの店に（　　）ね。

    1．限りだ　　　　　2．限る　　　　　　3．限った　　　　　4．限らない

(130) 今日に（　　）なんとか会社を再建しようとがんばってきたが、ついに倒産せざるを得ない状態

になってしまった。

    1．いたり　　　　　2．いたっても　　　3．いたっては　　　4．いたるまで

(131) 川に落ちた小犬は、（　　）、流れに流されていった。

    1．浮くなり、沈むなり　　　　　　　2．浮くにしろ、沈むにしろ

    3．浮こうが、沈もうが　　　　　　　4．浮きつ、沈みつ

(132) 先生におほめいただくとは、うれしい（　　）です。

    1．限り　　　　　　2．至り　　　　　　3．極まり　　　　　4．ばかり

(133) この道路は、昼（　　）夜（　　）、大型のトラックが通るので、住民は騒音に悩まされている。

    1．といって、といって　　　　　　　2．といわず、といわず

    3．にしろ、にしろ　　　　　　　　　4．にすら、にすら

(134) 他人から見れば何でもないことでも、本人（　　）どうにも我慢できないということだってある。

    1．にしろ　　　　　2．にしても　　　　3．にしたって　　　4．にしたら

(135) この味、これこそこの店（　　）味だ。

    1．ならではの　　　2．ばかりの　　　　3．にかぎった　　　4．からこその

(136) 途中道路工事で渋滞したが、バスは遅れる（　　）目的地に着いた。

    1．ものなら　　　　2．こととて　　　　3．ことなく　　　　4．ものともせず

(137) 男であれ、女であれ、（　　　）。

1. 男女平等だ
2. 男女の違いがあるのは当然だ
3. いずれか一名採用する
4. 目標をもって生きることが大切だ

(138) 卒業するしないにかかわらず、（　　　）。

1. 試験を受けること
2. 試験しだいだ
3. 試験しないではない
4. 試験を禁じ得ない

(139) 子供から年寄りに（　　　）、パソコンを使う時代になった。

1. いたって　　　2. いたっても　　　3. いたるまで　　　4. いたっては

(140) 超大国と呼ばれる国があれほど簡単に崩壊するとは、（　　　）。

1. 夢にも思わなかった
2. なかなか思えなかった
3. 予想できたかもしれない
4. 考えないでもなかった

(141) スピーチは苦手だが、お世話になった先生の頼みとあれば（　　　）。

1. 引き受けざるを得ない
2. 引き受けないまでもない
3. 引き受けるにかたくない
4. 引き受けるのを禁じ得ない

(142) 厳しい訓練に耐えてきた兵士たちは、身動き（　　　）せず、門の前に立っていた。

1. こそ　　　　　2. だに　　　　　3. だけ　　　　　4. にも

(143) さすが彼のような有名人ともなると、気軽に街を（　　　）。

1. 歩くこともできない
2. 歩かずにはいられない
3. 歩くきらいがある
4. 歩かずにはおかない

(144) 環境問題は、（　　　）、各国が協力して取り組むべきである。

1. 一国が行うまでもなく
2. 一国だけにかかわらず
3. ただ一国のみならず
4. ただ一国だけであれ

(145) 母はいつも断り（　　　）部屋に入ってくるので、その度にびっくりさせられる。

1. なくて　　　2. ないで　　　3. なしに　　　4. なくとも

(146) 「おいしいワインですね」「そうですか。お気に（　　　）、うれしいです」

1. いったら　　　2. いられたら　　　3. めして　　　4. おいりになったら

(147) 先生のお留守中に、田中さんとおっしゃる方が（　　　）。

1．おみえになりました　　　　　　　2．おいでいただきました

3．まいられました　　　　　　　　　4．いらっしゃられました

(148) ご用件はこちらで（　　　）。

1．ちょうだいします　　　　　　　　2．うけたまわります

3．ごらんにいれます　　　　　　　　4．うかがえます

(149) 田中先生の奥様でしたら、よく（　　　）。姉の結婚のことで大変お世話になりました。

1．ぞんじておられます　　　　　　　2．ぞんじていらっしゃいます

3．ぞんじあげております　　　　　　4．ぞんじあげていらっしゃいます

(150) ご入用の品々はこちらに取り揃えて（　　　）。どうぞご覧ください。

1．いただけます　　　2．いただきます　　　3．まいります　　　4．ございます

文法チェック150題　解答

(1) 3	(2) 1	(3) 3	(4) 2	(5) 4	(6) 2	(7) 3	(8) 1	(9) 4	(10) 3	(11) 4	(12) 2	(13) 4	(14) 1
(15) 1	(16) 3	(17) 4	(18) 1	(19) 2	(20) 3	(21) 1	(22) 3	(23) 2	(24) 4	(25) 2	(26) 2	(27) 1	(28) 3
(29) 1	(30) 2	(31) 1	(32) 4	(33) 4	(34) 3	(35) 2	(36) 3	(37) 4	(38) 1	(39) 3	(40) 2	(41) 4	(42) 2
(43) 3	(44) 4	(45) 1	(46) 3	(47) 3	(48) 4	(49) 2	(50) 3	(51) 1	(52) 3	(53) 1	(54) 1	(55) 3	(56) 1
(57) 3	(58) 2	(59) 4	(60) 1	(61) 3	(62) 3	(63) 3	(64) 1	(65) 3	(66) 2	(67) 3	(68) 3	(69) 2	(70) 4
(71) 1	(72) 4	(73) 1	(74) 3	(75) 4	(76) 3	(77) 2	(78) 1	(79) 4	(80) 1	(81) 4	(82) 3	(83) 1	(84) 3
(85) 2	(86) 1	(87) 4	(88) 3	(89) 3	(90) 4	(91) 4	(92) 1	(93) 4	(94) 2	(95) 3	(96) 1	(97) 4	(98) 3
(99) 2	(100) 4	(101) 1	(102) 2	(103) 2	(104) 1	(105) 3	(106) 4	(107) 1	(108) 3	(109) 2	(110) 3		
(111) 3	(112) 2	(113) 3	(114) 3	(115) 4	(116) 4	(117) 3	(118) 4	(119) 2	(120) 4	(121) 3	(122) 3		
(123) 2	(124) 4	(125) 4	(126) 3	(127) 3	(128) 2	(129) 2	(130) 4	(131) 4	(132) 1	(133) 2	(134) 4		
(135) 1	(136) 3	(137) 4	(138) 1	(139) 3	(140) 1	(141) 1	(142) 2	(143) 1	(144) 3	(145) 3	(146) 3		
(147) 1	(148) 2	(149) 3	(150) 4										

文法チェック150題　成績　＿＿＿／150点

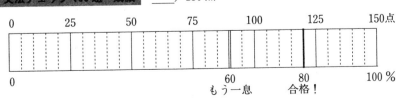

ステップ 1 《もの》

問題 （　　）に入る適当な言葉を、下の a〜j の中から選びなさい。

(1) 会える（　　）、亡くなった妻にもう一度会いたい。

(2) たたきつけるような雨を（　　）、父はいつも通り出かけていった。

(3) だれかに相談すればいい（　　）。どうしてだまっていたの？

(4) 約束の時間は守る（　　）。

(5) 店は汚いし、店員の応対もひどい。こんな店なんか二度と来る（　　）。

(6) 朝から雨が降っている（　　）、出かける気がしない。

(7) 彼女の絵には、人の心をなごませる（　　）。

(8) 何事も謝れば済むという（　　）。

(9) この店には、学生のころよく通（かよ）った（　　）。

(10) 母は厳しかった。うそをつこう（　　）、夕食を食べさせてくれなかった。

(11) 今年は私も 60 歳だ。年を取るのは早い（　　）。

(12) 今日中に仕上げると言った（　　）、この調子では間に合いそうもない。

(13) ぜひにと言われれば、やらない（　　）んだが。

---

a．ものだ　　b．ものか　　c．ものの　　d．ものがある　　e．ものともせず　　f．ものなら
g．ものを　　h．ものではない　　i．ものだから　　j．ものでもない

1．ものだ　　　　　　①赤ちゃんは泣く**もの**だ。心配しなくてもいい。

②子供のころ、この川でよく泳いだ**もの**だ。

③一人暮らしは寂しい**もの**だ。

2．ものではない　　　・うそを言う**もの**ではない。

3．ものだから　　　　・会社に行きたくなかった**もの**だから、病気だと言って休んでしまった。

4．もの・もん　　　　・「あれ、ケーキ、食べないの？」「だってダイエットしてるんだ**もん**」

5．ものの　　　　　　・体に悪いとわかってはいる**もの**の、なかなかたばこが止められない。

6．ものなら　　　　　①行ける**もの**なら、月へ行きたい。

②社長は時間に厳しい。遅刻でもしよう**もの**なら、すぐ呼び出される。

7．ものがある　　　　・彼の歌には、聞く人の心を打つ**もの**がある。

8．ものか　　　　　　・あいつなんかに二度と会う**もの**か。

上級のポイント

1．ものを　　　　　　`AばBものを`　もしAをすればBしたのに、AしなかったからBしなかっ

たのだ。Aしなかったことを非難する表現。

・電話をくれれば、迎えに行った**ものを**。

2．ものともせずに　　`AをものともせずにB`　Aを気にしないで、Bした。

・自分より大きい相手を**ものともせずに**、少年はぶつかっていった。

3．ないものでもない　`Aないものでもない`　Aしたくはないが、条件が整えば、Aしてもいい。

　　　A：動詞ない形

・ごちそうしてくれるのなら、その仕事を引き受け**ないものでもない**。

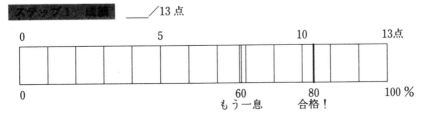

問題　(1) f　(2) e　(3) g　(4) a　(5) b　(6) i　(7) d　(8) h　(9) a　(10) f　(11) a　(12) c　(13) j

ステップ2 《こと》

問題 （　）に入る適当な言葉を、下のa〜mの中から選びなさい。

(1)　君、やせたいなら、毎晩ビールを飲むのをやめる（　　）ね。

(2)　地図を書いていただいたおかげで、迷う（　　）こちらに来ることができました。

(3)　なにぶん田舎の（　　）珍しいものもありませんが、どうぞごゆっくりなさってください。

(4)　この町は、恐竜の骨が発見された（　　）有名になった。

(5)　天気のいい日には富士山が見える（　　）、この町は「富士見町」という。

(6)　集合時間は、明日朝7時。遅れない（　　）。いいですね。

(7)　担当者によると、参加者が5名以上いなければ、この旅行計画は中止になる（　　）。

(8)　久しぶりに故郷に帰った娘の元気な顔を見て、父はどんなに喜んだ（　　）。

(9)　ぜひにと言われれば、彼の結婚式の司会を引き受けない（　　）ない。

(10)　悪いのはあいつだ。君がそんなに謝る（　　）よ。

(11)　うっかり者の弟の（　　）、どうせ傘をどこかに置き忘れてくるだろう。

(12)　新入社員は、研修が済むまで、外部からの電話を取ってはいけない（　　）。

(13)　驚いた（　　）、優勝間違いないと言われていたA選手が初戦で負けてしまった。

---

a. こと　b. ことだ　c. ことに　d. ことから　e. こととて　f. ことなく　g. ことか
h. ことになっている　i. ということだ　j. ことだから　k. ことも　l. ことはない　m. ことで

1．ことだ　　　　　・試合に負けたくなかったら、しっかり練習を**することだ**。

2．ことか　　　　　・地震の後、無事家族に再会できて、どんなにうれしかった**ことか**。

3．ことから　　　　・この山は、松の木が多い**ことから**、「松の木山」と呼ばれている。

4．ことだから　　　・まじめなNさんの**ことだから**、宿題を忘れるはずがない。

5．ことなく　　　　・彼は、他人の助けを借りる**ことなく**、一人でこの家を建てた。

6．ことに（は）　　・ありがたい**ことに**、今年の冬はあまり寒くない。

7．ことになっている　・この試験に合格した人には、奨学金が出る**ことになっている**。

8．ことはない　　　・悪いのは彼だ。君が謝る**ことはない**。

9．ということだ　　　・経済学者によると、景気回復の兆（きざ）しが見られる**ということだ**。

上級のポイント

1．こととて　　　　　A**こととて**B　　Aなので Bは仕方がない。望ましい状態でないことを説明

　　　　　　　　　　　する表現。

　　　　　　　　　　・早朝の**こととて**、開いている店などは一軒も見当たらなかった。

2．ことなしに／ことなく

　　　　　　　　　　A**ことなしに**B　　A**ことなく**B

　　　　　　　　　　①ふつうBにはAが予想されるが、今回はAしないでBした。A：動詞辞書

　　　　　　　　　　　形

　　　　　　　　　　・離婚が決まった二人は、目を合わせる**ことなしに**、去っていった。

　　　　　　　　　　・台風が来たが、工事は遅れる**ことなく**進んでいる。

　　　　　　　　　　②AしなければB。B：可能性の否定

　　　　　　　　　　・このビルは管理人に気付かれる**ことなく**出入りすることはできない。

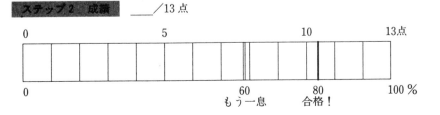

ステップ2　解答

問題 (1) b　(2) f　(3) e　(4) m　(5) d　(6) a　(7) i　(8) g　(9) k　(10) l　(11) j　(12) h　(13) c

ステップ2　成績　＿＿＿／13点

ステップ **3** 《限る》

問題 （　）に入る適当な言葉を、下のa～jの中から選びなさい。答えは一つとは限りません。

(1)　やはり夏はビール（　　）ね。

(2)　お金があるからといって、幸せだ（　　）。

(3)　念願のコンピューターが手に入って、うれしい（　　）。

(4)　今までは、よほどの失敗をし（　　）、会社を首になることはなかった。

(5)　この店は今月（　　）閉店する。

(6)　まじめな田中さん（　　）、会社をサボるなんて考えられない。

(7)　見渡す（　　）、一面の雪景色であった。

(8)　優勝をかけて、両チームの応援団は声（　　）応援した。

(9)　営業は、通常午後7時までですが、第1土曜日（　　）午後5時までとさせていただきます。

(10)　警察は力の（　　）を尽くして捜査したが、犯人を捕まえることはできなかった。

(11)　私の知っている（　　）、この店のスパゲティーが最高だ。

(12)　娘は幼いながらも、命の（　　）病気と戦った。

(13)　男（　　）女も管理職につく時代になった。

---

a．限り　　b．限りでは　　c．ない限り　　d．に限り　　e．に限って　　f．に限らず

g．とは限らない　　h．限りだ　　i．に限る　　j．を限りに

わかりますか？

1. 限り ・人生は一回限りだから、自分らしく生きたい。

2. 限り（は） ・体が丈夫な限り（は）、この仕事を続けたい。

3. 限りでは ・私が見た限りでは、この計画に問題点はない。

4. ない限り ・練習しない限り、上手にはならない。

5. に限り ・先着100名様に限り、記念品をさし上げます。

6. に限って ・急いでいるときに限って、タクシーが来ない。

7. に限らず ・子供に限らず、大人だってほめられるとやる気が出るものだ。

8. とは限らない ・前回うまくいったからといって、今回もうまくいくとは限らない。

上級のポイント

1. 限りだ

　　A限りだ　最高にAだ。A：感情を表す形容詞・感情を表す名詞＋の

　　・暗い山道を一人で歩いて行かなければならないとは、心細い限りだ。

2. に限る

　　Aに限る

　　①Aだけ。　　・店員募集。ただし、女性に限る。

　　②Aが一番いい。　　・京都へ行くなら、秋に限る。

3. を限りに

　　Aを限りにB

　　①Aが最後。その後Bする。

　　・今日を限りに、禁煙する。

　　②「声を限りにB」（慣用表現）できるだけ大きい声を出してBする。声が

　　　出なくなるまでBする。

　　・谷川に落ちた男は、声を限りに助けを呼んだ。

4. の限りを尽くす

　　Aの限りを尽くす　これ以上ないほどのAだ。

　　・贅沢の限りを尽くした宮殿に、見る人はみな驚きの声を上げた。

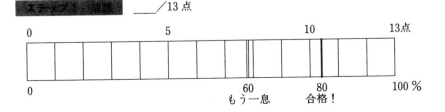

問題 (1) i　(2) g　(3) h　(4) c　(5) j　(6) e　(7) a　(8) j　(9) d／e　(10) a　(11) b　(12) a　(13) f

ステップ3　開議　___／13 点

0					5					10			13点

0　　　　　　　　　　　　　　　60　　　　80　　　　100 %
　　　　　　　　　　　　　　もう一息　　合格！

ステップ**4**《極まる・至る》

問題 （　　）に入る適当な言葉を、下のa～k中から選びなさい。答えは一つとは限りません。

(1)　先生の話に感（　　）、学生たちは泣き出した。

(2)　先生におほめいただくとは、光栄の（　　）でございます。

(3)　お世話になった先生の名前を間違えるとは、失礼（　　）やつだ。

(4)　酒を飲んで、友人が止めるのも聞かず車を運転して人身事故を起こしてしまった。痛恨の
　　（　　）だ。

(5)　どの試験も不合格という状況（　　）、やっと自分の勉強不足を感じた。

(6)　挨拶の仕方からはしの使い方（　　）、祖母は行儀作法にとても厳しい。

(7)　この中に犯人がいるとは、不愉快（　　）話だ。

(8)　警官に、かばんからさいふの中（　　）調べられた。

(9)　高校どころか大学を卒業する（　　）、彼は自分のやりたいことがわからなかった。

(10)　酒好きの人は多いが、木村君（　　）、酒と聞いただけで落ち着かなくなるようだ。

(11)　彼らが退職を決意する（　　）理由をお話ししましょう。

(12)　被災地の衛生状態は不潔（　　）ものであった。

(13)　この道は砂漠を超え、遠くインド（　　）。

| a．極み　　b．極まる　　c．極まって　　d．極まりない　　e．至り　　f．に至る |
| g．に至るまで　　h．に至って　　i．に至っても　　j．に至っては　　k．に至った |

1．**極まる**

Ａ極まる

①最もＡだ（マイナスの評価）。Ａ：な形容詞

・放射能物質を住宅地の近くで扱うとは、危険**極まる**行為だ。

・不愉快**極まる**／無作法（ぶさほう）**極まる**／失礼**極まる**

②「**感極まる**」（慣用表現）最高に感激する。

・父は青春時代の思い出話をしながら、**感極まって**涙を流した。

2．**極まりない**

Ａ極まりない　非常にＡだ。Ａ：な形容詞、感情形容詞＋こと

・政情不安な国を旅行するとは危険**極まりない**ことだ。

・何をするにも上司の許可がいるとは、面倒なこと**極まりない**。

3．**極み**

Ａの極み　Ａの最高の状態。Ａ：名詞（感激、痛恨など）

・贅沢（ぜいたく）の**極み**を尽くした宮殿の豪華さに声も出なかった。

4．**至り(だ)**

Ａの至り(だ)

①Ａの最高の状態になる。Ａ：名詞（光栄、感激など）

・名誉市民にしていただけるとは、光栄の**至り**です。

②Ａの結果。

・私が言い過ぎました。若気（わかげ）の**至り**だと思って、許してください。

5．**至る**

Ａに至る　到達（とうたつ）する。最後のところに着く。

・この結論に**至る**までに、ずいぶん時間がかかった。

6．**に至るまで**

ＡからＢに至るまで　ＡからＢまで。みんな、全部。ＢはＡより極端なレベルのもの。

・大人から子供**に至るまで**、忙しい忙しいと言う時代になった。

7．**に至って**

Ａに至ってＢ　Ａの状況になってやっとＢした。Ｂするのが遅かった。

・離婚が決定する**に至って**、ようやく夫のやさしさに気づいた。

8．**に至っても**

Ａに至ってもＢ　Ａという大変な状態になっても、まだＢだ。

・会社が倒産するという事態**に至っても**、彼は夢をあきらめなかった。

9．**に至っては**

Ａ。Ｂに至ってはＣ　ＢはＣ。ＢはＡの極端な状態（マイナスの評価）

・私の結婚に家族はそろって反対した。母**に至っては**泣き出すしまつだ。

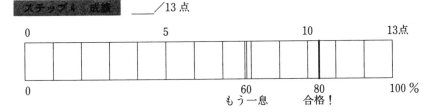

ステップ４　解答

問題　(1) c　(2) e　(3) b／d　(4) a　(5) h　(6) g　(7) b／d　(8) g　(9) i　(10) j　(11) k　(12) b／d　(13) f

ステップ４　成績　＿＿／13 点

ステップ**5**《ない》

問題 （　　）に入る適当な言葉を、下のa～iの中から選びなさい。答えは一つとは限りません。

(1)　この映画は、見る者の心を打た（　　）ものがある。

(2)　彼は上司の承諾（　　）契約をしてしまった。

(3)　彼の大切にしている本を汚してしまった。買って返さ（　　）だろう。

(4)　パスポート（　　）外国へ行くことはできない。

(5)　聞く（　　）ラジオを聞いていたら、懐かしい曲が流れてきた。

(6)　その公演は中止し（　　）、延期してもう少し内容を検討するべきだ。

(7)　あの課長にやれと言われたら、残業してでも仕上げ（　　）。

(8)　君との出会い。これが運命（　　）。

(9)　何事も努力（　　）成功はない。

(10)　また同じ失敗をしたら、今度は許さ（　　）からな。

(11)　先生は挨拶（　　）授業を始めた。

(12)　これだけ経営不振が続くと、倒産し（　　）、人員削減は免れないだろう。

(13)　いつから（　　）彼女を愛するようになった。

---

a．ともなく　　b．なくして　　c．なしに　　d．ないではおかない　　e．ずにはおかない

f．ないではすまない　　g．ずにはすまない　　h．でなくてなんだろう　　i．ないまでも

1．なしに　　　　①　**AなしにB**　　Aしないで、Bする。Aがない状態でBする。A：動詞辞
　　　　　　　　　書形＋こと、名詞

・彼女は親の了解を得ること**なしに**結婚を決めた。

・断り**なしに**、ここに車を止めてはいけない。

　　　　　　　　　②　**Aなしに（は）Bない**　　Aしなければ（Aがなければ）、Bできない。

・冷房**なしには**都会の夏は過ごせ**ない**。

2．なくして（は）　　　**Aなくして（は）Bない**　　AがなければBすることは難しい。A：名詞

・愛情**なくして**子供は育た**ない**。

3．ともなく　　　　　**Aともなく**　　**Aともなしに**

／ともなしに

①特に意識しないでAする。A：動詞辞書形（見る、聞く、考えるなど）

・何を考える**ともなく**、一日中公園のベンチに座っていた。

②いつか、どこか、だれか、はっきりわからない。A：疑問詞＋助詞

・仕事をしていたら、どこから**ともなしに**いい匂いがしてきた。

4．ないまでも　　　　　**A1ないまでもA2**　　A1ほどではではないが、A2程度ではある。

・富豪とは言え**ないまでも**、彼は豊かな生活をしている。

5．ないではおかない　　　**Aないではおかない**　　**Aずにはおかない**　　必ずAする(積極的)。A：動

／ずにはおかない　　　詞ない形、使役形否定

・あいつに「ごめんなさい」と言わせ**ないではおかない**ぞ。

・銀行の倒産は経済界に衝撃を与え**ずにはおかない**だろう。

6．ないではすまない　　　**Aないではすまない**　　**Aずにはすまない**　　Aしないことは許されない(消極

／ずにはすまない　　　的)。A：動詞ない形

・息子が事件を起こしたら、親も謝ら**ずにはすまない**だろう。

7．でなくてなんだろう　　　**Aでなくてなんだろう**　　A以外の何ものでもない。まさしくAだ。A：名
　　　　　　　　　　　　詞

・自分が死んでも子供を守る。これが親の愛**でなくてなんだろう**。

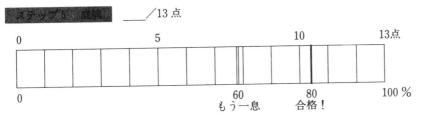

ステップ1　解答

問題　(1) d／e　(2) c　(3) f／g　(4) b／c　(5) a　(6) i　(7) f／g　(8) h　(9) b／c　(10) d／e

(11) c　(12) i　(13) a

ステップ2　成績　____／13点

0					5					10		13点

0　　　　　　　　　　　　　　　　　　　　　60　　　　　80　　　100％
　　　　　　　　　　　　　　　　　　　もう一息　　　合格！

ステップ**6**《時・順序》

問題　（　　）に入る適当な言葉を、下の a 〜 j の中から選びなさい。答えは一つとは限りません。

(1)　ジョギングを始め（　　）、風邪を引いたことは一度もない。

(2)　娘は私の顔を見る（　　）泣き出した。

(3)　君の実力（　　）すれば、合格は間違いないだろう。

(4)　火山が噴火し（　　）、緊張した日々が続いている。

(5)　誠意（　　）、この問題の解決に当たっていただきたい。

(6)　その客は用件を済ませる（　　）、さっさと帰ってしまった。

(7)　景気が悪くて、アルバイトがなかなか見つからない。「仕事はないか」とたずねる（　　）断られてしまう。

(8)　ドアを開けた（　　）冷たい風が吹き込んできた。

(9)　当病院は、午後3時（　　）受け付けを終了します。

(10)　リンさんのスピーチ（　　）、出場者全員が次々と日本語でスピーチを行った。

(11)　年をとると、聞いた（　　）忘れてしまう。

(12)　お休み中の（　　）おじゃまして申し訳ありません。

(13)　今日（　　）この会社を去ることになりました。

a．や否や　　b．なり　　c．が早いか　　d．そばから　　e．をもって　　f．を限りに
g．てからというもの　　h．を皮切りに　　i．とたん　　j．ところを

1．や否や・や　　　　　Ａや否やＢ　ＡやＢ　ＡするとすぐにＢする。Ａ：動詞辞書形

・雷がなる**や否や**大粒の雨が降り出した。

2．なり　　　　　　　　ＡなりＢ

ＡするとすぐＢする。Ａ：動詞辞書形　　Ｂ：予期しなかったこと

・疲れていたので、横になる**なり**眠ってしまった。

3．が早いか　　　　　　Ａが早いかＢ　ＡするとすぐにＢする（Ｂすることを待っていた）。Ａ：動

詞辞書形

・ベルが鳴る**が早いか**、学生は教室を飛び出していった。

4．そばから　　　　　　ＡそばからＢ　何度ＡしてもすぐにＢしてしまう。Ａ：動詞辞書形・た形

・母親が片付ける／片付けた**そばから**子供が散らかす。

5．をもって　　　　　　ＡをもってＢ　ＡでＢする。Ａ：名詞

①時間　・本日**をもって**閉店いたします。

②方法　・試験の結果は書面**をもって**お知らせします。

③状態　・彼女は優秀な成績**をもって**、本校を卒業した。

6．ところを　　　　　　ＡところをＢ　Ａの状態のときにＢする。おわびや依頼の前置き。Ａ：名

詞＋の、形容詞、動詞ます形＋中の　　Ｂ：依頼、おわび、感謝

・お忙しい**ところを**よくお越しくださいました。

・お話し中の**ところを**おじゃまします。

7．てからというもの　　ＡてからというものＢ　ＡしてからずっとＢだ。

・君に出会っ**てからというもの**、君のことが忘れられない。

8．を皮切りに　　　　　Ａを皮切りにＢ　Ａから始めて、順にＢする。イベントなど、大きなこと。

Ａ：名詞

・彼のコンサートは北海道**を皮切りに**、全国 15 カ所で行われる。

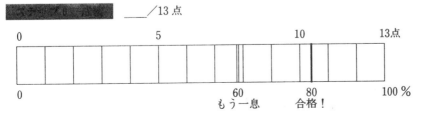

問題　(1) g　(2) a／b　(3) e　(4) g　(5) e　(6) a／b／c　(7) d　(8) i　(9) e　(10) h　(11) d

(12) j　(13) f

　　　　　　　　　　＿＿／13 点

0					5					10			13点

0　　　　　　　　　　　　　　　　　　　　　　60　　　　　80　　　　　100 ％
　　　　　　　　　　　　　　　　　　　　　もう一息　　　合格！

文法
ステップ7《逆接》

問題　（　　）に入る適当な言葉を、下のa～hの中から選びなさい。答えは一つとは限りません。

(1)　今から行った（　　）、間に合わないよ。

(2)　父と母が妹の結婚のことで言い争っている。私（　　）この話には賛成ではないが、家族が対立
　　するのは見ていられない。

(3)　たとえ政治家（　　）、言っていいことと悪いことがある。

(4)　難民キャンプに行く（　　）、何か技術がなければ何の役にも立てない。

(5)　彼がいくら若い（　　）、残業続きでは体を壊してしまう。

(6)　彼は、新入社員（　　）、なかなかしっかりした応対ができる。

(7)　入社試験の面接は難しい（　　）、ごく一般的なことしか聞かれなかった。

(8)　アメリカで勉強した（　　）、自分が日本人であることを忘れてしまったわけではあるまい。

(9)　あれだけ厳しい練習をさせられ（　　）、選手たちの表情には余裕が感じられた。

(10)　夏（　　）、山の夜は冷える。

(11)　こんなに家に帰るのが遅くなったら父にどんなに叱られるか（　　）、私の顔を見て一言「よか
　　った」と言っただけだった。

(12)　いくら働いた（　　）、生活が楽になるわけではなかった。

(13)　幼い（　　）、生活のために働いている子供たちが大勢いる。

---

　a．ながらも　　b．としたところで　　c．にしたところで　　d．にしたって
　e．といえども　　f．とはいえ　　g．とおもいきや　　h．ところで

---

1. **ながら（も）**

   Aながら（も）B Aであるが、Bでもある。Aなのに、Bする。B：Aから予想されるのと逆の状態、または行為。AとBの主語は同じ。

   ・あの子は子供**ながらも**、しっかりとした考え方を持っている。

   ・父は自分の病気のことを知っていて**ながら**、だれにも言わなかった。

2. **たところで**

   Aたところで B Aしたと仮定しても、結果はだめだろう、無駄だろう。

   A：動詞た形　たとえ／いくら／疑問詞～たところで　　B：結果

   ・どんなにがんばっ**たところで**、合格はできまい。

   ・私が何を言っ**たところで**、彼女は聞きはしないだろう。

3. **としたところで／**
   にしたところで／
   としたって／
   にしたって

   AとしたところでB　AにしたところでB
   AとしたってB　AにしたってB

   仮にAだ（Aする）と考えた場合でも、だめだ、何も変わらない。A：名詞、形容詞、動詞（普通形）、副詞

   ・定年まで働いた**としたところで**、老後の生活が保障されるわけではない。

   ・大企業**にしたって**、この不況を乗り切るのは容易ではない。

4. **といえども**

   AといえどもB Aの場合でもBだから、ほかは当然Bだ。B：ふつうAから予想されることと反すること。　いかに／どんな／たとえ／いくら～といえども

   ・子供**といえども**、悪いことをしたら罰せられて当然だ。

   ・いかに医者**といえども**、病気には勝てないようだ。

5. **とはいえ**

   AとはいえB 確かにAだから、A'だと予想されるが、そうではない。B：確かな事実Aから予想されることと反すること。

   ・4月**とはいえ**、まだまだ寒い。

   ・この辺りが静かだ**とはいえ**、町中なのでそれほどではない。

   ・彼がいくらよく食べる**とはいえ**、これ全部は無理だろう。

6. **と思いきや**

   Aと思いきやB Aだと予想したが、意外な結果Bだった。

   ・高原の夜は寒いかと思いきや、風がなくて暖かだった。

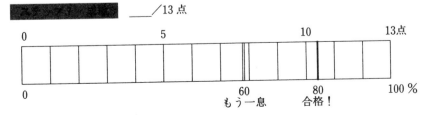

問題 (1) h　(2) b／c／d　(3) e／f　(4) b／c／d　(5) f　(6) a／f　(7) g　(8) f　(9) a

(10) f　(11) g　(12) h　(13) a

スコア・アタ　合計 ＿＿／13点

0				5					10		13点

0					60		80		100 %

もう一息　　合格！

文法
ステップ**8**《繰り返しの表現》

問題　（　　）に入る適当な言葉を、下のa〜kの中から選びなさい。答えは一つとは限りません。

(1)　親から離された子供たちは、泣く（　　）叫ぶ（　　）、大騒ぎだった。

(2)　学校を休むときは、学校へ電話する（　　）友人に伝言を頼む（　　）して、連絡をするようにしてください。

(3)　夏（　　）冬（　　）、一年中ビールはよく売れている。

(4)　雨がふる（　　）雪がふる（　　）、この予定が変更されることはない。

(5)　親（　　）教師（　　）、子供が健やかに成長することを願うものだ。

(6)　味（　　）盛り付け（　　）、この店の料理は最高だ。

(7)　会社に戻る（　　）戻らない（　　）、一度会社に連絡をすることになっている。

(8)　大学へ行こう（　　）行くまい（　　）、まじめに勉強しなければいけない。

(9)　この学校では、新年会（　　）旅行（　　）、勉強だけでなく、いろいろな行事があります。

(10)　道がわからない場合は、地図を見る（　　）人に聞く（　　）しなさい。

(11)　受験の申込書は今月20日までに届くように、郵送する（　　）直接事務所へ持参する（　　）してください。その他の方法では受け付けません。

(12)　仕事がうまくいく（　　）いかない（　　）、彼らは酒を飲みに行く。

(13)　両選手は抜き（　　）抜かれ（　　）雨の中を走り続けた。

---

a．であれ、であれ　　b．なり、なり　　c．といい、といい　　d．つ、つ　　e．が、が　　f．やら、やら
g．にしても、にしても　　h．といわず、といわず　　i．か、か　　j．につけ、につけ　　k．とか、とか

---

1. **であれ、であれ**　A1であれ、A2であれ、B　A1の場合も、A2の場合も、そのほかの場合も、変わりなくBだ。＝「～であろうと、～であろうと」A：名詞、形容詞　Aがい形容詞の場合は、「～かれ、～かれ」「～かろうと、～かろうと」となる。例：暑かれ、寒かれ／暑かろうと、寒かろうと／よかれ、悪しかれ

・日本語であれ、中国語であれ、その国へ行って勉強するのが一番だ。

2. **にしろ、にしろ**　A1にしろ、A2にしろ、B　A1、A2、どちらの場合を考えても変わらずBだ。＝「～にしても、～にしても」「～にせよ、～にせよ」

・勝つにしろ、負けるにしろ、力いっぱい戦いなさい。

3. **やら、やら**　A1やら、A2やら、B　A1や、A2など、いろいろあってBだ。

・今月はレポートやら、試験やらで遊ぶひまがない。

4. **といい、といい**　A1といい、A2といい、B　A1、A2、どちらの点から見ても、Bだ（よい評価が多い）。

・色といい、柄といい、このワンピースはあなたにぴったりだ。

5. **と言わず、と言わず**　A1と言わず、A2と言わず、B　A1も、A2も、区別なく全部Bだ。

・居間と言わず、台所と言わず、どろぼうは家中をひっくり返していった。

6. **なり、なり**　A1なり、A2なり、B　A1、A2、その他から一つ選んでBすることを相手に示す。アドバイスや指示。A：名詞、動詞辞書形

・電子レンジなり、オーブンなりで温めてください。

7. **つ、つ**　A1つ、A2つ、B　A1、A2の動作を交互に行いながら、Bする。反対の意味の動詞、または受身形と組み合わせる。A：動詞ます形

・彼女に何と言って謝ろうかと、彼女の家の前を行きつ戻りつ考えた。

8. **うが、まいが／うと、まいと**　Aうが、Aまいが、B　Aうと、Aまいと、B　Aしてもしなくても、変わらずBだ。A：動詞意向形

・テニスクラブの練習に出ようが、出まいが、会費は払わなければならない。

・彼が課長になろうと、なるまいと、私には関係ない。

9. **につけ、につけ**　A1につけ、A2につけ、B　A1、A2、どちらのときも／いつもBする。

・いいにつけ、悪いにつけ、母は私を励ましてくれた。

ステップ8　解答

問題 (1) f　(2) b／i／k　(3) a／h　(4) g　(5) a／g　(6) c／g　(7) g　(8) e　(9) k　(10) b　(11) i　(12) j　(13) d

ステップ8　成績　＿＿／13点

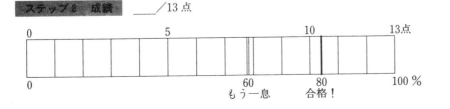

ステップ9《状態・様子》

問題 （　　）に入る適当な言葉を、下のa〜lの中から選びなさい。答えは一つとは限りません。

(1) 道具は使ったらすぐにしまうこと。出し（　　）にするからどこにあるかわからなくなるんだ。

(2) 物置から出てきた猫は、ほこり（　　）だった。

(3) 田中さんはいつも皮肉（　　）言い方をするから、みんなに嫌われている。

(4) その犬は主人の顔を見ると、待っていた（　　）飛びついた。

(5) 今日は朝からいいこと（　　）で、幸せな気分だ。

(6) 冬は風邪を引き（　　）だから、人ごみには行かないほうがいい。

(7) 演奏が終わると、割れ（　　）の拍手がおこった。

(8) 彼女のバラの（　　）笑顔は、見るものの心をとらえてはなさない。

(9) 彼はまじめすぎて、人に冷たい印象を与える（　　）がある。

(10) この部屋はほこり（　　）だ。長い間誰も入らなかったのだろう。

(11) 山田さんは、あの黒（　　）かばんを持っている人です。

(12) 今週はちょっと疲れ（　　）なので、週末は家でゆっくりしようと思っている。

(13) 最近の子供は、一人遊びを好む（　　）がある。

---

a．まみれ　　b．ずくめ　　c．きらい　　d．めいた　　e．っぱなし　　f．ごとき

g．んばかり　　h．とばかりに　　i．だらけ　　j．がち　　k．ぎみ　　l．っぽい

---

1. まみれ　　**Aまみれ**　Aがいっぱい付いている状態。A：名詞（粉、油、泥、血、ほこりなど）

・彼は借金を返すために、汗まみれになって働いた。

2. ずくめ　　**Aずくめ**　Aがたくさんある。A：名詞（黒、いいこと、ごちそう、おめでたいことなど）

・お正月はごちそうずくめで、つい食べ過ぎてしまう。

・彼女は今日、シャツからコートまで、黒ずくめの服装をしている。

3. きらい　　**Aきらいがある**　自然にそうなりやすい。A：よくない傾向

・彼は、話はうまいが、ときどき自慢話になるきらいがある。

4. めく／めいて／　　**Aめく**　**Aめいて／めいた**　Aのようだ。Aのように／ような　A：名詞（春、なぞ、皮肉など）
　 めいた

・男はなぞめいた笑いを残して、去っていった。

・日差しが明るくなり、春めいてきました。

5. っぱなし　　**Aっぱなし**　Aしたまま。A：動詞ます形

・水道を出しっぱなしにしないでください。

6. ごとく　　**AごとくB**　Aと同じようにB。A：名詞＋の　動詞辞書形・た形

　①たとえ

・時間は矢のごとく過ぎていく。

　②例示

・前章で説明したごとく、人類の起源はアフリカにあると考えられる。

　AごときB　AのようなB。A・B：名詞

・おまえ（の）ごとき怠け者にできるわけがない。

7. んばかり　　**んばかりに**　今にもAしそうなほどにBする。A：動詞ない形

・彼女は、今にも泣き出さんばかりの顔をして、部屋を出てきた。

8. とばかり　　**AとばかりにB**　言葉では言わないが、Aとでも言うような態度でBする。

・店員は、早く帰れとばかりに、店の片付けを始めた。

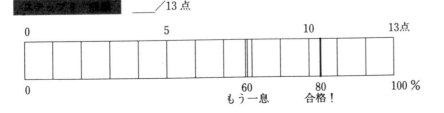

問題　(1) e　(2) a／i　(3) d／l　(4) h　(5) b　(6) j　(7) g　(8) f　(9) c　(10) i　(11) l　(12) k　(13) c

＿＿＿／13点

ステップ **10**《強調 I 》

問題 （　　）に入る適当な言葉を、下のａ～ｉの中から選びなさい。答えは一つとは限りません。

(1) 彼は学生のくせに 20 万円（　　）時計をしている。

(2) そんなことは考える（　　）恐ろしい。

(3) あのまじめな田中さんが会社のお金を盗む（　　）、誰も思わなかった。

(4) 今年（　　）大学に合格できますように。

(5) 城の入り口に立っていた兵士は、微動（　　）しなかった。

(6) うちの課長（　　）、毎日 5 時になると「さあ、飲みに行こう」と言うんだ。

(7) のどが痛くて、水（　　）飲めない。

(8) 毎日努力をすれば（　　）成功があるというものだ。

(9) 彼は 40 km（　　）道を毎日自転車で学校に通っている。

(10) これ（　　）私が見てみたいと思っていた絵だ。

(11) あいつ（　　）、今日も遅刻だ。課長が怒るのも当然だ。

(12) 君（　　）よければ、次回のミーティングを再来週の水曜日に変更したいんだが。

(13) 腰が痛くて、一歩（　　）歩くことができない。

ａ．だに　　ｂ．すら　　ｃ．たりとも　　ｄ．ときたら　　ｅ．とは　　ｆ．こそ
ｇ．からある　　ｈ．からする　　ｉ．さえ

1．だに　　　　　　　**AだにB**　　Aだけでも Bだ。

　　　　　　　　　　　 A：想像する、聞く、考えるなど　B：恐ろしい、怖い、おぞましいなど

　　　　　　　　　　・親が子供を計画的に殺すという、聞く**だに**恐ろしい事件が起こった。

　　　　　　　　　　　Aだにしない　　全く Aしない。

　　　　　　　　　　・この銀行が倒産するなんて、想像**だに**しなかった。

2．（で）すら　　　　 **A（で）すらB**　　Aでも B（ほかはもちろん Bだ）。

　　　　　　　　　　・地球が丸いことは子供**ですら**知っている。

　　　　　　　　　　　AすらBない　　全く Bしない。Aは極端な例＝さえ　A：名詞（＋助詞）

　　　　　　　　　　・忙しくて散歩する時間**すら**ない。

　　　　　　　　　　・彼は結婚することを両親に**すら**言っていなかった。

3．たりとも　　　　　 **AたりともBない**　　全く Bしない。A：1＋助数詞（1円、1日など）

　　　　　　　　　　・時間は大切だ。1分**たりとも**無駄にはできない。

4．ときたら　　　　　 **AときたらB**

　　　　　　　　　　①Aは Bなので、驚いた／困る。

　　　　　　　　　　・うちの主人**ときたら**、日曜日もゴルフで家にいないのよ。

　　　　　　　　　　②Aには Bが一番いい。　・チーズ**ときたら**、ワインだね。

5．とは　　　　　　　 **AとはB**　　Aは Bだ。A：予想外なこと、驚いたこと

　　　　　　　　　　・彼が優勝する**とは**思わなかった。

　　　　　　　　　　・あんなに仲の良かった夫婦が離婚する**とは**。

6．ばこそ　　　　　　 **AばこそB**　　Aだから Bするのだ。A以外の理由ではない。A：理由。動
　　　　　　　　　　詞・形容詞仮定形　　B：結果

　　　　　　　　　　・君の将来を思え**ばこそ**、言っているのだから、よく聞いてくれ。

　　　　　　　　　　・私ががんばって仕事ができるのは、愛する家族がいれ**ばこそ**だ。

7．からある／からする　**Aからある**　　Aくらいか、それ以上だ。多い。A：数量詞　Aからの＋名詞

　　　　　　　　　　・その男は60 kg**からある**石を軽々と持ち上げた。

　　　　　　　　　　　Aからする　　値段が Aくらいか、それ以上だ。高い。

　　　　　　　　　　・彼の絵は100万円**からする**そうだ。

ステップ10　解答

問題　(1) h　(2) a　(3) e　(4) f　(5) a　(6) d　(7) b／i　(8) f　(9) g　(10) f　(11) d　(12) i　(13) c

ステップ10　成績　　＿＿／13点

0				5					10			13点

0					60		80		100 %

もう一息　　合格！

ステップ11《強調2》

問題　（　　）に入る適当な言葉を、下のａ〜ｉの中から選びなさい。答えは一つとは限りません。

(1)　尊敬する先生に作品をほめていただいて感激（　　　）。

(2)　厳しい条件でも生き抜く生物の生命力には驚き（　　　）。

(3)　私がやるべき仕事は教師（　　　）外に考えられない。

(4)　最近は、男性（　　　）女性もサッカーを楽しんでいる。

(5)　我々は世界平和を願って（　　　）。

(6)　衝突事故の現場は血だらけで見る（　　　）状況だった。

(7)　両親の健康、（　　　）それのみが心配だ。

(8)　戦争で親を失った幼い子供の姿に涙（　　　）。

(9)　同じ本を２冊も買ってしまうなんて、ばかばかしい（　　　）。

(10)　人口問題は（　　　）わが国（　　　）世界全体の課題である。

(11)　青空に輝く雪景色は美しい（　　　）。

(12)　死んだ子供を離そうとしない母猿。これが親の愛（　　　）。

(13)　一日も早く平和が戻ってくることを祈って（　　　）。

ａ．を禁じ得ない　　ｂ．やまない　　ｃ．にたえない　　ｄ．をおいて　　ｅ．でなくてなんだろう
ｆ．ひとり　　ｇ．ただ　　ｈ．のみならず　　ｉ．といったらない

1．を禁じ得ない　　　　　Ａを禁じ得ない　　Ａの気持ちを抑えられない。Ａ：名詞（同情、驚き、涙など）

・警察がうその報告をしたというニュースに、怒り**を禁じ得なかった**。

2．てやまない　　　　　Ａてやまない　　心からＡする。Ａ：動詞て形（願う、祈る、希望するなど）

・お二人のお幸せを祈っ**てやみません**。

3．にたえない　　　　　Ａにたえない

①あまりにひどくてＡすることができない。Ａ：動詞辞書形（見る、聞く、読むなど）

・男たちは聞く**にたえない**言葉を言って、けんかをしていた。

②とてもＡしている。Ａ：名詞（感謝、感激など）

・私の留学生活を支えていただいて、感謝**にたえません**。

4．をおいて～ない　　　Ａをおいて～ない　　Ａ以外にない。Ａだけだ。

・この仕事を頼めるのは、君**をおいて**ほかにはい**ない**。

5．でなくてなんだろう　これがＡでなくてなんだろう　　これこそＡだ。Ａ：名詞（愛、運命など）

・仕事をやめて、妻の看病をする。これが夫婦愛**でなくてなんだろう**。

6．ただ～のみ　　　　　ただＡのみ　　Ａだけ。Ａするだけ。

・準備は整った。あとは、**ただ**実行する**のみ**だ。

7．ただ～だけでなく／　ただＡだけでなく／のみならずＢ　　ひとりＡだけでなく／のみならずＢ
　ただ～のみならず
　ひとり～だけでなく　・環境問題は**ただ**自然を守ること**だけではなく**我々の生活全般に及ぶ。
　／ひとり～のみならず　・原子力発電所の建設は**ひとり**わが県**のみならず**日本全体の問題だ。

8．といったらない／　　Ａといったらない／ありゃしない　　とてもＡだ。Ａ：名詞、い形容詞
　といったらありゃし
　ない　　　　　　　　「ありゃしない」はマイナス評価のみ。

・合格者名簿の中に自分の名前を見つけたときのうれしさ**といったらない**。

・弟に負けるなんて、くやしい**といったらありゃしない**。

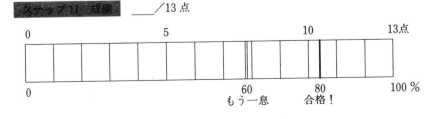

問題 (1) c　(2) a　(3) d　(4) h　(5) b　(6) c　(7) g　(8) a　(9) i　(10) f／g、h　(11) i　(12) e　(13) b

　＿＿＿／13点

ステップ **12**《関係Ⅰ》

問題 （　　）に入る適当な言葉を、下のａ～ｈの中から選びなさい。

(1)　これは人の命（　　）仕事だから、常に自分の体調を整えておくことが大切だ。

(2)　両親が芸術家（　　）、彼の作る作品はどこか一味違う。

(3)　会社の経営が拡大したため、父は例年（　　）忙しい毎日を送っている。

(4)　努力家の姉（　　）妹は怠け者だ。

(5)　物質的に豊かな時代（　　）、精神的に病んでいる人が増えているようだ。

(6)　学生（　　）大学だ。学生にきちっと指導ができなければ、優秀な教授とは言えない。

(7)　禁煙する男性が増えているの（　　）女性の喫煙者は増えている。

(8)　長年の研究が実って、賞をもらうことになった。努力（　　）受賞と言えるだろう。

(9)　演奏者の高い技術がメロディーの美しさ（　　）、観客を陶酔させた。

(10)　学生の要求（　　）科目を設定することが、大学に求められている。

(11)　今日は試験日（　　）遅刻する学生が少なかった。

(12)　容疑者の名前や写真の公表は人の名誉（　　）ことだから、慎重に検討されなければならない。

(13)　問題は実情（　　）処理されるべきだ。

ａ．とあって　　ｂ．にあって　　ｃ．あっての　　ｄ．とあいまって　　ｅ．にかかわる
ｆ．に即して　　ｇ．にもまして　　ｈ．にひきかえ

---

1. **とあって**　　　　**Aとあって B**　Aだから、Bだ。A：状況、B：Aの状況で当然起こること

　・お祭り**とあって**、町中がにぎやかだ。

　・台風が来ている**とあって**、波が高い。

2. **あっての**　　　　**Aあっての B**　Aがある／いるからBが成り立つ。Aがなければ／いなければ、Bも成り立たない。A：名詞

　・あなた**あっての**私です。あなたのいない生活なんて考えられません。

　・客**あっての**商売だから、客が満足できるサービスをすることが大切だ。

3. **とあいまって**　　**A1が／はA2とあいまって B**　A1とA2が一緒になって、Bだと言える。A：名詞

　・彼の才能は彼の不断の努力**とあいまって**、今日の大成功をもたらした。

　・この島の独特の地形が厳しい気候**とあいまって**、このような景観を生み出したのであろう。

4. **にかかわる**　　　**Aにかかわる**　Aに関係する大変なことだ。A：名詞、影響を受けるもの（名誉、命、生死、進退、評判、合否、成績、将来など）

　・風邪が命**にかかわる**病気になることもあるから、注意しなさい。

　・これは君の将来**にかかわる**問題だから、よく考えたほうがいい。

5. **に即して**　　　　**Aに即して B**　Aに合わせてBする。A：名詞（事実、現実、実態など）

　・現実**に即した**計画でなければ、実行できるはずがない。

　・彼は状況の変化**に即して**対応ができる。

6. **にもまして**　　　**Aにもまして B**　AよりもっとBだ。A：比較の対象　B：比較すること

　・彼女は以前**にもまして**きれいになった。

　・朝焼けの空は、何**にもまして**きれいだ。

7. **にひきかえ**　　　**A1にひきかえ A2は Bだ**　A1と反対にA2はBだ。A1、A2：比較するもの

　・まじめでおとなしい兄**にひきかえ**、弟は親を困らせてばかりいる。

　・暖冬だった去年**にひきかえ**、今年は寒さが一段と厳しい。

ステップ1の解答

問題　(1) e　(2) a　(3) g　(4) h　(5) b　(6) c　(7) h　(8) c　(9) d　(10) f　(11) a　(12) e　(13) f

チェック欄の答　　＿＿／13点

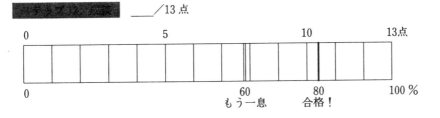

ステップ 13 《関係 2 》

問題 （　　）に入る適当な言葉を、下のａ〜ｉの中から選びなさい。

(1)　飲み出した（　　　）、彼は朝まで飲み続ける。

(2)　買い物（　　　）、友人の絵の展覧会を見に行った。

(3)　アメリカの大学に留学した息子は、手紙は（　　　）電話もかけてこない。

(4)　世間の批判（　　　）、政府は原子力発電所の建設を決定した。

(5)　帰国のご報告（　　　）、一度ご挨拶にうかがいたいと存じます。

(6)　彼を採用するかどうかは、社長の考え方（　　　）だ。

(7)　郵便局へ行く（　　　）、このはがきを出してきてくれない？

(8)　彼女は家事や育児の（　　　）、童話作家としても活躍している。

(9)　結果の（　　　）、報告をすること。

(10)　入院中の山田君に、お見舞い（　　　）、仕事の状況を伝えに行った。

(11)　理由の（　　　）、遅刻した場合は受験できない。

(12)　営業成績（　　　）によっては、給料が上がる可能性もある。

(13)　スミスさんは高校で英語を教える（　　　）、日本の神話の研究をしている。

ａ．がてら　　ｂ．かたわら　　ｃ．かたがた　　ｄ．が最後　　ｅ．おろか　　ｆ．いかん

ｇ．をよそに　　ｈ．ついでに　　ｉ．いかんにかかわらず

上級のポイント

1．がてら

> AがてらB　Aするという目的もかねて、Bする。Bをすることで、Aの目的も達成される。A：動作の名詞、動詞ます形

・散歩**がてら**、新しくできた店を見に行った。

・郵便局へ行き**がてら**、お花見をした。

※AついでにB　A：主目的の行為。名詞＋の、動詞辞書形・た形　B：付加的な行為　・出張のついでに、友人の仕事場を訪ねた。

2．かたがた

> AかたがたB　Aするという目的もかねて、Bする。A：動作の名詞、お見舞い、お礼、挨拶などのあらたまった行為

・結婚の挨拶**かたがた**、大学時代にお世話になった先生を訪ねた。

3．かたわら

> AかたわらB　Aをする一方で、Bもしている。Aが主な活動。

・彼は陶芸作品を作る**かたわら**、陶芸教室を開いている。

・兄は考古学の研究の**かたわら**、小説を書いている。

4．が最後

> Aが最後B　もしAしたら／になったら、必ずBする／になる。Bすること／になることを止めることはできない。A：動詞た形

・自然は一度破壊した**が最後**、もう二度と元には戻らない。

5．おろか

> A1はおろかA2さえ／すらB　A1は当然Bだが、A2もBだ。驚きの気持ちを表す。A1・A2：名詞

・彼は日本に来て半年になるが、漢字は**おろか**ひらがなさえ書けない。

6．いかん

> BはAいかんだ　BはAの状態によって変わる。A：名詞

・手術をするかどうかは検査の結果**いかん**だ。

> Aいかんで／AいかんによってBする　Aの状態がどうかでBが決まる。

・テストの成績**いかん**で、合否が決まる。

> AのいかんにかかわらずB　Aの状態に関係なくB。

・天候の**いかん**にかかわらず、作業は実施する。

7．をよそに

> AのBをよそにC　AがBするのを無視してCする。A：Bをする人　B：名詞（心配、批判、非難、期待など）

・親の心配**をよそに**、娘は一人暮らしを始めた。

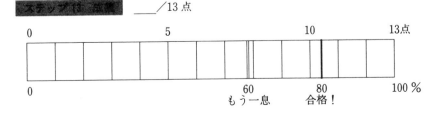

ステップ13　問題

問題　(1) d　(2) a　(3) e　(4) g　(5) c　(6) f　(7) h　(8) b　(9) i　(10) a　(11) i　(12) f　(13) b

ステップ13　点数　＿＿／13点

0					5					10		13点

0　　　　　　　　　　　　　　　60　　　　　80　　　100 %
　　　　　　　　　　　　　　もう一息　　合格！

ステップ 14 《立場》

問題 （　　）に入る適当な言葉を、下のa〜kの中から選びなさい。

(1) 一流の俳優（　　）せりふを間違うことはある。

(2) この小説は、障害を乗り越えた彼（　　）はじめて書けるものだ。

(3) この店（　　）の味をお楽しみください。

(4) 働きすぎで倒れた父は、病床（　　）なお会社のことを心配していた。

(5) まあ、そう怒るな。課長（　　）君が憎くて言っているのではないんだから。

(6) 私は喜んで「留学する」と言ったが、父（　　）心配でたまらなかっただろう。

(7) 60歳（　　）遊ぶことの大切さを知った。

(8) 連休（　　）行楽地は家族連れでいっぱいになる。

(9) 女（　　）、男のくせに化粧なんかするな。

(10) 生産の効率化について、私（　　）に考えて企画書を作りました。

(11) 父親（　　）子供から尊敬される存在であるべきだ。

(12) この企画は、スポーツ好きの田中君（　　）のアイデアだね。

(13) 日本人（　　）少し発音が変ですね。外国育ちかもしれませんね。

```
a. にして     b. にしたって     c. にあって     d. ともなると     e. といえども
f. ならでは    g. たるもの      h. ではあるまいし    i. にしたら    j. にしては    k. なり
```

1．にしたら　　　　・花嫁の父にしたら、結婚式ほど辛い日はないのかもしれない。

2．にしたって／　　・試験の成績は教師にしたって気になるものだ。
　　にしても／にしろ

3．にしては　　　　・彼は、最近の若者にしては古い言葉やことわざをよく知っている。

上級のポイント

1．にして　　　　　Aにして（はじめて）B

　　　　　　　　　①AになってBだ。　　・40歳にして初めて自分の進むべき道が見つかった。

　　　　　　　　　②A以外はできない。　　・この問題は、優秀な彼にして初めて解ける難問だ。

　　　　　　　　　AにしてB

　　　　　　　　　①レベルの高いAでもBだ。

　　　　　　　　　・あの優秀な彼にして解けないのだから、我々がこれを解くのは無理だ。

　　　　　　　　　②Aであり、Bである。　　・彼は優秀な研究者にして芸術家でもある。

2．にあって　　　　AにあってB　　Aの状況でBだ。

　　　　　　　　　・警官という職にあって、不正を行う者が続出している。

3．ともなると　　　AともなるとB　　Aの状況になるとBだ。一般的なこと。

　　　　　　　　　・社長ともなると社員の生活を保証することも考えなければならない。

4．なり　　　　　　AなりにB　　Aの能力は高いとは言えないが、その力を十分使ってBする。

　　　　　　　　　・子供は子供なりに将来のことを考えているようだ。

　　　　　　　　　AなりのB　　B：名詞

　　　　　　　　　・この問題について、私なりの結論を出した。

5．ならでは　　　　AならではのBだ　　Aならでは～ないBだ　　A以外ではできないB。

　　　　　　　　　・旅行の楽しみはその土地ならではの味を味わうことだ。

6．たる　　　　　　AたるBはCだ　　Aという地位の人／機関は当然Cだ。一般的に言えること。

　　　　　　　　　・教師たるもの学生の気持ちを理解していなければならない。

7．ではあるまいし　　AではあるまいしB　　Aではないのだから、Bするべきだ／べきではない。

　　　　　　　　　・子供ではあるまいし、それぐらい自分で考えろ。

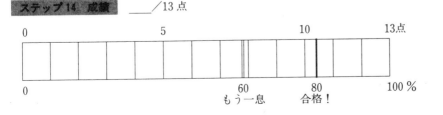

ステップ14　解答

問題　(1) e　(2) a　(3) f　(4) c　(5) b　(6) i　(7) a　(8) d　(9) h　(10) k　(11) g　(12) f　(13) j

ステップ14　成績　＿＿＿／13点

ステップ **15**《べし・までだ》

問題 （　）に入る適当な言葉を、下の a～i の中から選びなさい。

(1)　無断でこの部屋に入る（　　）。

(2)　妹は遊んでばかりいて学校へ行かず、ついに落第をする（　　）。

(3)　テストの予定は掲示板に貼ってあるのだから、一人一人に連絡する（　　）。

(4)　借りたものは返す（　　）。

(5)　子供をいじめるとは、教師に（　　）行為だ。

(6)　息子は両親の期待に応える（　　）一生懸命勉強した。

(7)　君が見たいと言うから絵を見せた（　　）。ほめてもらいたいわけじゃない。

(8)　自然を守るために、我々一人一人が気をつける（　　）ことがたくさんある。

(9)　彼らはさんざん相手を非難したあげく、殴り合いのけんかを始める（　　）。

(10)　断られたら、あきらめる（　　）。とにかく頼んでみよう。

(11)　事故で家族を失った人の気持ちはよくわかる。改めて聞く（　　）ことだ。

(12)　トーナメント方式は一度負けたら（　　）から、決して気を抜いてはいけない。

(13)　最近、警察に（　　）事件が次々と起こり、警察の権威は全く失われてしまった。

---

a．べし　　b．べき　　c．べく　　d．べからず　　e．あるまじき　　f．しまつだ

g．までだ　　h．それまでだ　　i．までもない

1．べき
- 学生は勉強する**べき**だ。
- 他人の悪口を言う**べき**ではない。
- 環境を守るために、我々がやる**べき**ことはたくさんある。

上級のポイント

1．べし

Aべし　Aするのが当然だ。Aしなさい。A：動詞辞書形
- 若者は夢を持つ**べし**。

2．べく

AべくB　Aするために／Aという目的で、Bする。
- 会社の経営を立て直す**べく**、リストラが行われた。

3．べからず

Aべからず　Aしてはいけない。禁止事項の表示に使う。
- 館内で写真を撮る**べからず**。

4．まじき

AにあるまじきB　Aの立場の者がしてはいけないBだ。B：言動、態度
- 泥棒をするとは、警察官にある**まじき**行為だ。

5．しまつだ

Aして、Bしまつだ　**AしたあげくBしまつだ**　Aした結果、Bというひどい状況になった。B：動詞辞書形
- 課長は競馬に夢中になって、会社の金にも手をつける**しまつだ**。
- 弟はさんざん親を心配させたあげく、家出をする**しまつだ**。

6．までだ

Aたら、Bまでだ　Aした場合はBすればいい。心配ない。B：動詞辞書形
- 失敗したら、もう一度はじめからやり直す**までだ**。

Aまでだ　単にAしただけ。特別な意図はない。A：動詞た形
- 君の誕生日を聞かれたから答えた**までだ**。年齢を言うつもりはなかった。

7．ばそれまでだ

Aばそれまでだ　Aをしたら、それで終わりだ。A：動詞仮定形
- 貯金をしても、死んでしまえ**ばそれまでだ**。生きている間に使う**べき**だ。

8．までもない

Aまでもない　Aする必要はない。A：動詞辞書形
- 言う**までもない**ことですが、集合時間に遅れないようにしてください。

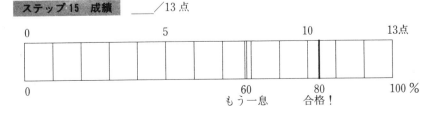

ステップ15　解答

問題　(1) d　(2) f　(3) i　(4) a　(5) e　(6) c　(7) g　(8) b　(9) f　(10) g　(11) i　(12) h　(13) e

ステップ15　成績　____／13点

| 0 | 5 | 10 | 13点 |

| 0 | 60 もう一息 | 80 合格！ | 100 % |

ステップ **16**《その他》

問題　（　　）に入る適当な言葉を、下のa～jの中から選びなさい。

(1)　病気療養中（　　）、田中氏の送別会に出席できません。よろしくお伝えください。

(2)　この絵は構図（　　）、色の出し具合が何ともいえず、すばらしい。

(3)　選挙に勝た（　　）、多額の借金をする候補者もいる。

(4)　年収？　そうだね。500万という（　　）ね。

(5)　誠意をもって対応すれば、必ず相手にわかってもらえる（　　）。

(6)　遺産をめぐる争いは、財産があるが（　　）の悩みだ。

(7)　彼を犯人だと断定する（　　）証拠は何もない。

(8)　木村さんは、電車の事故で、遅くなるという（　　）。

(9)　たばこを吸う小学生がいる時代だ。中学生が吸ったからといって驚く（　　）。

(10)　交通事故で一瞬のうちに家族を失った人の悲しみは想像（　　）。

(11)　このグラスを作るのは大変で、どんなにがんばっても、一日に10個という（　　）。

(12)　成功に失敗は付き物なのだから、一度失敗したぐらいで嘆く（　　）。

(13)　兄は、病気で長期欠席が続き、退学を（　　）ことになった。

---

　a．ゆえ　　b．んがために　　　c．に足る　　d．にはあたらない　　　e．にかたくない
　f．ところだ　　g．もさることながら　　h．ことだ　　i．ものだ　　j．余儀なくされる

1．ゆえ **AゆえにB** **AゆえのB** Aの原因／理由でBする／した。A：名詞＋

（の）、普通形＋（が） A：Bの理由・原因

・これは若さ**ゆえ**の過ちだ。

・景気が低迷しているが**ゆえ**に失業者が増えている。

2．んがため **AんがためにB** AするためにBする。A：動詞ない形＋ん

・戦後、人々は生き**んがため**に必死でがんばった。

・彼が男を撃（う）ったのは、家族を守ら**んがため**の行為であった。

3．に足る **Aに足る** Aするのに十分である。価値がある。A：動詞辞書形、名詞

・彼は政治家として信頼**に足る**人物だ。

・この公園の桜は見事で、一見（いっけん）する**に足る**ものだ。

4．にはあたらない **Aにはあたらない** Aする必要はない。Aするほど程度が高くない。

・彼は優秀だから、彼が合格しても驚く**にはあたらない**。

5．にかたくない **Aにかたくない** Aするのは容易だ。十分Aできる。A：名詞（想像、理

解など）

・女手（おんなで）一つで3人の子供を育てるために、母が苦労したことは想像**にかたく**

ない。

6．というところだ **Aというところだ** だいたいAぐらいだ。多くない。A：数量

・完成まで、あと一歩**というところだ**。

7．もさることながら **Aもさることながら、B〜** Aもそうだが、Bはさらに〜だ。

・この店は味**もさることながら**、店員の応対がすばらしい。

8．を余儀なくされる **Aを余儀なくされる** Aしたくないが、しなければならない状況になる。

しかたなくAする。A：動作を表す名詞

・悪天候が続き、工事計画の変更**を余儀なくされた**。

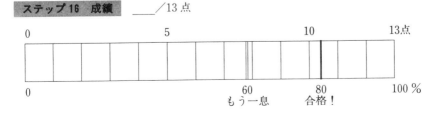

問題 次の文の（　　）に入れるのに最も適当なものを、1・2・3・4から一つ選びなさい。

(1) 何分不慣れな新入社員の（　　）、失礼があれば、どうかお許しください。

1．ことか　　　　　2．ことに　　　　　3．ことから　　　　4．こととて

(2) 話し合いの結果（　　）では、計画を見直さざるを得ない。

1．いかん　　　　　2．ばかり　　　　　3．だけ　　　　　　4．かぎり

(3) 稼ぐ（　　）つかってしまうので、貯金するどころではない。

1．ところに　　　　2．そばから　　　　3．ながらも　　　　4．とたんに

(4) 父親（　　）者、一家の長として、家族の幸せを守るのが当然だろう。

1．ごとき　　　　　2．たる　　　　　　3．べき　　　　　　4．とする

(5) 火山の大噴火で、ふもとの住民は、家は（　　）、土地まで失ってしまった。

1．おろか　　　　　2．のみならず　　　3．はじめ　　　　　4．とわず

(6) 我々は、ともすると目先のことにとらわれて、全体的な様相を見逃す（　　）がある。

1．しまつ　　　　　2．わけ　　　　　　3．しだい　　　　　4．きらい

(7) 子供の教育のためと（　　）金も時間も惜しまないという親が増えている。

1．いったら　　　　2．きたら　　　　　3．すれば　　　　　4．あれば

(8) 一流企業（　　）、こう不況が長引くと、生産力が低下するのも当然だ。

1．とはいえ　　　　2．ならば　　　　　3．とあって　　　　4．といい

(9) 困難な状況（　　）、なお理想を失わない彼の強さは、立派としか言いようがない。

1．にかけても　　　2．にとっても　　　3．においても　　　4．にしても

(10) 食中毒の患者が一人でも出れば、これは店の信用に（　　）問題となる。

1．かぎる　　　　　2．いたる　　　　　3．わたる　　　　　4．かかわる

(11) 社長の挨拶を（　　）、重役たちのスピーチが続いた。

　　1．はじまりに　　　2．かわきりに　　　3．あいついで　　　4．さいごに

(12) この問題には、何よりも実情に（　　）対策が望まれる。

　　1．即した　　　　　2．至った　　　　　3．向いた　　　　　4．通じた

(13) 犯人と断定するに（　　）証拠が不十分で、警察はその男を逮捕できなかった。

　　1．耐える　　　　　2．足る　　　　　　3．当たる　　　　　4．代わる

(14) 敵の攻撃を（　　）、兵士たちは勇敢に前進を続けた。

　　1．ものだから　　　2．めぐって　　　　3．もとにして　　　4．ものともせず

(15) 不潔（　　）衛生環境の中での避難生活が、すでに数カ月も続いている。

　　1．きわまりない　　2．だらけの　　　　3．あっての　　　　4．にたえない

(16) その子は幼い（　　）、両親の苦しい状況を察していた。

　　1．ばかりに　　　　2．だけに　　　　　3．なりに　　　　　4．ゆえに

(17) 大学に入ってから（　　）、娘はアルバイトばかりしている。

　　1．というもの　　　2．ともなると　　　3．しだい　　　　　4．といって

(18) この秘密がもれた（　　）、すべての努力が水の泡となるだろう。

　　1．なり　　　　　　2．や否や　　　　　3．かと思うと　　　4．が最後

(19) こんなにうるさく言うのは、君のためを（　　）こそなんだ。

　　1．思ったら　　　　2．思えば　　　　　3．思う　　　　　　4．思うなら

(20) この提案について、みなさまからのご意見を（　　）たいと思います。

　　1．おめにかけ　　　2．うけたまわり　　3．ぞんじあげ　　　4．もうしあげ

(21) 試験中（　　）、学生たちの表情が硬い。

　　1．だけあって　　　2．につき　　　　　3．ことから　　　　4．とあって

(22) 危ない（　　）助けていただいて、ありがとうございました。

　　1．ところを　　　　2．ところで　　　　3．ところが　　　　4．ところに

(23) これを（　　）、今日のパーティーは閉会といたします。ありがとうございました。

    1．もって　　　　　2．もとに　　　　　3．めぐって　　　　4．かぎりに

(24) このまま人口が増え続ければ、世界中が飢えることは想像に（　　）。

    1．までもない　　　2．かたくない　　　3．えない　　　　4．たえない

(25) 何をする（　　）、資金が必要だ。

    1．にひきかえ　　　2．とあれば　　　　3．にしたって　　　4．とはいえ

(26) 子供でさえすぐ理解できるようなことがわからないとは、情けない（　　）だ。

    1．かぎり　　　　　2．ごとき　　　　　3．あげく　　　　4．しまつ

(27) 子供は母親の姿を見る（　　）、走り出した。

    1．きり　　　　　　2．やいなや　　　　3．とたん　　　　4．ばかり

(28) いつも朗らかな彼女（　　）あれほど沈んでいたのだから、相当なショックだったにちがいない。

    1．らしく　　　　　2．なりに　　　　　3．にして　　　　4．ゆえに

(29) 高原（　　）新鮮な野菜を使ったサラダはいかがですか。

    1．ながらも　　　　2．までもない　　　3．ならではの　　　4．からある

(30) 我が家の厳しい財政状態では1円（　　）無駄にはできない。

    1．なりとも　　　　2．ほどでも　　　　3．くらいは　　　　4．たりとも

(31) 営業成績を（　　）、社員一同休みも取らずにがんばっている。

    1．上げようと上げまいと　　　　　　　2．上げんばかりに

    3．上げんがために　　　　　　　　　　4．上げようにも

(32) 財政上の理由から、社員寮の新築工事計画は中止を（　　）。

    1．せずにはいられない　　　　　　　　2．するにはあたらない

    3．するにほかならない　　　　　　　　4．余儀なくされた

(33) 君、新発売のゲーム、やってみた？　おもしろいって（　　）よ。

    1．いったらない　　2．きわまりない　　3．ほかない　　　　4．たまらない

(34) 彼のミスの後始末でみんな大変だった。あれだけ迷惑をかけたのだから、（　　）だろう。

1．謝らないこともない　　　　　　　　2．謝らないではすまない

3．謝らないものでもない　　　　　　　4．謝らずにはおかない

(35) 島の住民の生活は、豊かとは言えないまでも、（　　）。

1．苦しい状態にある　　　　　　　　　2．食べるには困らない状態だ

3．物が不足しがちだ　　　　　　　　　4．がんばらざるを得ない

文法
総合問題2

問題　次の文の（　　）に入れるのに最も適当なものを、1・2・3・4から一つ選びなさい。

(1) 簡単な問題だからすぐ解ける（　　）、意外に難しくて苦しんだ。

1．と思いきや　　　2．にしては　　　3．わりには　　　4．ときたら

(2) 君の能力なら、きちんと勉強すれば合格できた（　　）、どうして勉強しなかったんだ。

1．ものだ　　　　2．ことから　　　3．ものを　　　　4．ことなしに

(3) 犬嫌いの息子は、犬の姿を見る（　　）走り出した。

1．か否か　　　　2．が早いか　　　3．が最後　　　　4．なりか

(4) いくらなんでもそこまで言う（　　）、ちょっと言い過ぎじゃないか。

1．のを　　　　　2．のに　　　　　3．とも　　　　　4．とは

(5) 両選手は、互いに追い（　　）抜かれ（　　）の激しいレースを展開した。

1．て、て　　　　2．つつ、つつ　　3．なり、なり　　4．つ、つ

(6) 先日のお礼（　　）、ちょっとご相談にうかがいたいと存じますが。

1．かたがた　　　2．ながら　　　　3．かたわら　　　4．ともに

(7) うちの主人と（　　）、朝寝坊のくせに、ゴルフに行く日だけは早々と起きるんです。

1．いえば　　　　2．しては　　　　3．きたら　　　　4．いっても

(8) 今朝、庭を掃除しているとき、どろ（　　）の千円札を見つけた。

1．だけ　　　　　　2．まみれ　　　　　　3．ばかり　　　　　　4．ずくめ

(9) 人の生命に（　　）ような重大な問題を軽々しく扱うべきではない。

1．足る　　　　　　2．かかる　　　　　　3．ともなう　　　　　　4．かかわる

(10) 今さら失敗を悔やんだ（　　）、終わってしまったものはしかたがない。

1．もので　　　　　　2．ばかりに　　　　　　3．ところで　　　　　　4．ことか

(11) 彼（　　）新入社員にそんな重大な任務を任すわけにはいかない。

1．のごとき　　　　　　2．ゆえの　　　　　　3．といった　　　　　　4．いかん

(12) 電車が動かないのなら、しかたがない。歩いて帰る（　　）。

1．ものだ　　　　　　2．までだ　　　　　　3．ばかりだ　　　　　　4．はずだ

(13) 最近の若者は、ろくに努力もせずに楽をして金を稼ごうとする（　　）がある。

1．くせ　　　　　　2．きらい　　　　　　3．しだい　　　　　　4．がち

(14) 私が提案を読み上げると、社長はダメだ（　　）首を振った。

1．とあって　　　　　　2．かのように　　　　　　3．かと思うと　　　　　　4．とばかりに

(15) 毎日こう忙しくては、（　　）にも休めない。

1．休める　　　　　　2．休む　　　　　　3．休んだ　　　　　　4．休もう

(16) のんびり屋の兄だが、家族の一大事（　　）、けっこう頼りになる。

1．とすると　　　　　　2．としたら　　　　　　3．ともなれば　　　　　　4．といえども

(17) 選手たちは、あらん（　　）の力を出して決勝戦を戦った。

1．だけ　　　　　　2．かぎり　　　　　　3．ばかり　　　　　　4．まで

(18) どうしてもというのであれば、やらない（　　）。

1．べからず　　　　　　2．にすぎない　　　　　　3．ものだ　　　　　　4．ものでもない

(19) 彼女は商社に勤める（　　）、週末は近所の子供たちに英語を教えている。

1．そばで　　　　　　2．反面　　　　　　3．かたわら　　　　　　4．そばから

(20) 能力（　　）人格（　　）、あの人こそ我々の代表としてふさわしい人だ。

　　1．なり、なり　　　　2．であれ、であれ　　3．といい、といい　　4．やら、やら

(21) 被災地の受験生も、入学試験に合格（　　）、厳しい条件の下で準備に励んでいる。

　　1．するべく　　　　2．しないことには　　3．したいものの　　　4．しようものなら

(22) 次期会長は、行動力のある（　　）、というのが大方の見方である。

　　1．ひとり彼だけではない　　　　　　　　2．彼にあるまじきことだ

　　3．彼をおいてほかにいない　　　　　　　4．ただ彼のみならず

(23) 会社の方針が毎日のように変えられるとしても、驚く（　　）。このところの不況では、先の見
　　通しをつけるのが非常に難しくなっているからだ。

　　1．わけがない　　　2．にはあたらない　　3．べきである　　　4．にかたくない

(24) 息子の突然の死を嘆く母親を前に、私は言葉もなく、ただ見守る（　　）。

　　1．ほかはなかった　　2．ほかでもなかった　　3．のみならずだった　　4．だけでもなかった

(25) 彼女の責任が問われているようだが、私の知る限りでは（　　）。

　　1．何も話すことはない　　　　　　　　2．彼女には何の責任もない

　　3．事実を全部話そう　　　　　　　　　4．これ以上は何もわからない

(26) 彼女の乱暴なものの言い方は、（　　）。

　　1．聞きかねない　　2．聞いてやまない　　3．聞くにたえない　　4．聞きがたい

(27) 難しい、難しいと（　　）、その学生は試験でけっこういい点を取る。

　　1．言いながらも　　2．言うにつけ　　　3．言うにつれて　　4．言ったところで

(28) 今の職場や仕事に満足している人は（　　）といったところだろう。

　　1．それほど多くはない　　2．3割前後　　3．ほとんどいない　　4．かなり減っている

(29) 雨の少なかった昨年にひきかえ、（　　）。

　　1．水不足が深刻だった　　2．今年は雨が降らない　　3．水不足が解消した　　4．今年は雨が多い

(30) 今夜のあなたは、（　　）美しい。

　　1．いつとはいわず　　2．いつにもまして　　3．だれともなく　　　4．だれにしても

(31) 難しいことは難しいが、努力次第では（　　　）。

    1．実現できるだろうか   2．実現できそうもない

    3．実現させたいものだ   4．実現できないものでもない

(32) M社の新型パソコンは、操作のしやすさもさることながら、（　　　）。

    1．初心者に好評だ   2．価格の安さが大きな魅力である

    3．だれでも使うことができる   4．前の機種よりはるかに改良されている

(33) 何をするにしても、基礎からしっかり勉強しないことには、（　　　）。

    1．上達は望めない   2．上達せずにはいられない

    3．上達するべきではない   4．上達しないまでのことだ

(34) どの問題も我々の力の及ぶところではなかった。今度の問題にしたって（　　　）。

    1．解決できないことはない   2．解決しないわけにはいかない

    3．解決できないものでもない   4．解決などできはしないだろう

(35) 私が明日社長のところにうかがって、報告書を（　　　）。

    1．お渡しされると存じます   2．お渡しされると存じております

    3．お渡しできると存じます   4．お渡しできると存じております

総合問題1　解答

問題 (1) 4   (2) 1   (3) 2   (4) 2   (5) 1   (6) 4   (7) 4   (8) 1   (9) 3   (10) 4   (11) 2   (12) 1   (13) 2

(14) 4   (15) 1   (16) 3   (17) 1   (18) 4   (19) 2   (20) 2   (21) 4   (22) 1   (23) 1   (24) 2   (25) 3   (26) 1   (27) 2

(28) 3   (29) 3   (30) 4   (31) 3   (32) 4   (33) 1   (34) 2   (35) 2

総合問題1　成績 ＿＿／35点

| 0 | 10 | 20 | 30 | 35点 |

| 0 | 60 もう一息 | 80 合格！ | 100％ |

総合問題2　解答

問題 (1) 1   (2) 3   (3) 2   (4) 4   (5) 4   (6) 1   (7) 3   (8) 2   (9) 4   (10) 3   (11) 1   (12) 2   (13) 2

(14) 4   (15) 4   (16) 3   (17) 2   (18) 4   (19) 3   (20) 3   (21) 1   (22) 3   (23) 2   (24) 1   (25) 2   (26) 3   (27) 1

(28) 2   (29) 4   (30) 2   (31) 4   (32) 2   (33) 1   (34) 4   (35) 3

総合問題2　成績 ＿＿／35点

| 0 | 10 | 20 | 30 | 35点 |

| 0 | 60 もう一息 | 80 合格！ | 100％ |

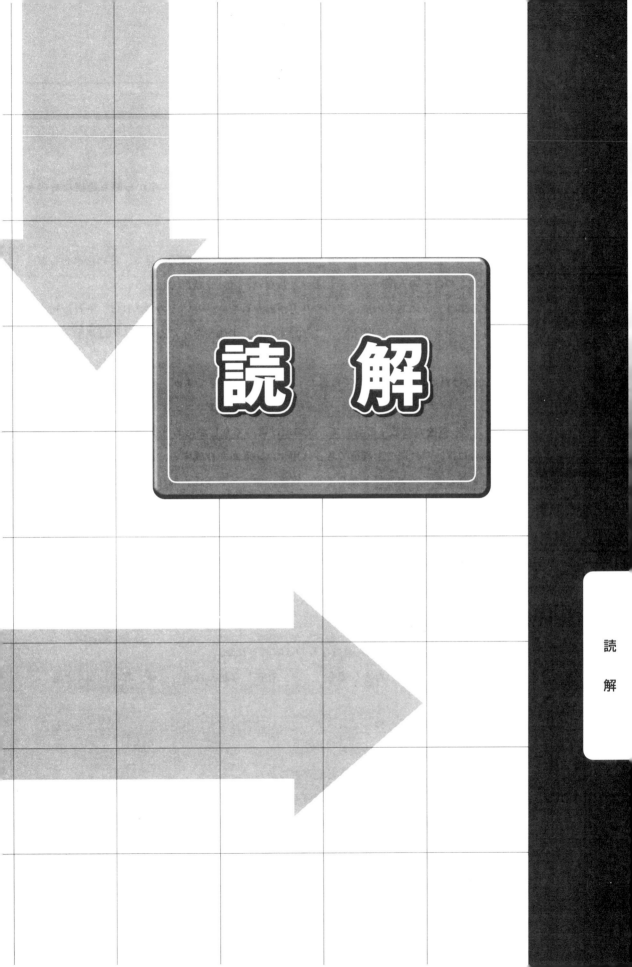

読　解

読解

ステップ1《短文編》

解いてみよう

例題　次の文章を読んで、後の問いに答えなさい。答えは、１・２・３・４から最も適当なものを一つ選びなさい。

　ある人間について「主体性がない」という判断が成立するのは、客観的に見て、その仕事をしなければならない状況なのにその人間がそれをしようとしない、という状況でしょう。

　その仕事をする気は充分にあるのに、そのやり方がわからない、というのであれば、それは初歩的なオペレーション・マニュアルの不備ということですから、主体性をうんぬんするのは過酷というものです。
_(注1)　　　　　　　　　　　　　　　　　　　　　　　　　　　(注2)　　　　　　　(注3)

　「マニュアルがなければできないなんて最低だ」というのは簡単ですが、そこに成文化されたマニュアルが（　①　）、ベテランによる指示、助言があれば、それはマニュアルと同じ働きをするものです。②ニュースタッフをただ放っておいて、文句だけ言ってもしかたありません。
(注4)　　　　　　　　　　　(注5)

　このような場合には、だれにでも理解できる活用マニュアルを作成する、あるいはそれに見合うような指示、助言を与えることが急務となります。実際、マニュアルさえあれば一人前に仕事をこなしてしまうニュースタッフであれば、その能力はたいしたものであると考えるべきでしょう。
(注6)　　　　　　　　　　　　　　　　　　　　　　　　　(注7)

　　　　　　（凸版印刷コミュニケーション研究会編『企業マニュアル解体新書』ダイヤモンド社による）

（注１）オペレーション・マニュアル：操作説明書　　（注２）うんぬんする：いろいろ言う　　（注３）過酷：厳しすぎること　　（注４）成文化する：文章にする　　（注５）ニュースタッフ：新入社員　　（注６）急務：急いでする必要がある仕事　　（注７）こなす：難しいことを処理する

問１　（　①　）に入る言葉として最も適当なものは次のどれか。

　１．存在したら　　２．存在したとしても　　３．存在しなかったら　　４．存在しなくとも

問２　②「ニュースタッフをただ放っておいて、文句だけ言ってもしかたがない」のは、なぜか。

　１．ニュースタッフは主体性がないから。

　２．ニュースタッフにやる気を出させる必要があるから。

　３．ニュースタッフはマニュアルがなければ何もできないから。

　４．ニュースタッフを指導し、助言を与えるのはベテランの仕事だから。

「短文」は、速く、ポイントをずばり読みとることが大切です。短文でよく問われる設問の種類は以下の通りです。設問のパターンに合わせた読み方を練習しましょう。

解法：「設問」のパターンを知る

◆設問のパターンまとめ

①下線部の意味を問う：下線部の言葉の意味をしっかり理解してから、前（後）を見る！

②ブランクに語句を入れる：ブランクの前後の言葉に注意して、同じ表現をさがす！

③文章の内容を問う：キーワードや文末表現に気を付けて、選択肢を比較する！

④筆者の主張を問う：第１文と最後の１文に注目！「である／だろう」などの表現に注意！

◆筆者の主張を正しくとらえる方法

①何について書かれている文章か　→　「主題」を把握する。

②キーワードは何か　→　「キーワード」を見つける。

③いちばん言いたいことは何か　→　「主張」の表れている文を見つける。

解答・解説

では、例題の文章について見てみましょう。

①何について書かれている文章か　→　主題：「仕事をさせるときに大切なこと」

②キーワードは何か　→　キーワード：「マニュアル」

③いちばん言いたいことは何か　→　主張：「仕事をさせるときには、だれにも理解できる活用マニュアルを作成する、あるいはそれに見合うような指示、助言を与えることが大切である」

問１：（　①　）の前後をよく見ます。

「そこに成文化されたマニュアルが（　①　）、ベテランによる指示、助言があれば……」

後ろの「ベテランによる指示、助言があれば」がポイント。「あれば」は条件や仮定の表現ですから、反対の「ない」のもの、３か４が答えです。３は「たら〜」後ろに結果が来る表現ですから×。従って答えは４です。

問２：下線②の中の言葉に注目します。

「ニュースタッフをただ放っておいて、文句だけ言ってもしかたがない」

だれが「ただ放っておいて」だれが「文句だけ言ってもしかたがない」のかを考えればできます。これは「ベテラン」が「するべきこと」を言っていますから、答えは４です。

問題Ⅰ 次の文章を読んで、後の問いに答えなさい。答えは、1・2・3・4から最も適当なもの
を一つ選びなさい。

　他人の立場に立つ。──ほかの動物には、これだけは絶対にマネできない。人間以外の動物は、欲
望をコントロールする術（すべ）を知らないからである。飢えたライオンは、シマウマの群れを目にしながら、
（注1）
「かわいそうだな。おれに食われるときはどんな惨めな気持ちになるだろう。今回は見逃してやろう」
と同情したりはしない。

　利害が一致しない相手に対しても、理解や思いやりを示せるのは人間だけだ。生存競争には少しも
役立たないけれど、そういう思いやりの心が、私たちを他の動物とはひと味もふた味も違う存在にし
ている。ホモサピエンスという動物には自分の欲をセーブし、エゴイズムを調整する能力がそなわっ
（注2）　　　　　　　　　　　　　　　　　　（注3）　　　　　　　　（注4）
ているのだ。

（斎藤茂太『融通無我のすすめ　豆腐の如く』佼成出版社より）

（注1）術：手段、方法　　（注2）ホモサピエンス：人類　　（注3）セーブする：ひかえる、おさえる
（注4）エゴイズム：利己主義

問い　筆者が言いたいことはどれか。

1．人間は他の動物に対してもっと同情しなければならない。

2．思いやりは生存競争には役立たないが、人間も他の動物ももっている。

3．人間は利害が一致しない相手には、エゴイズムを調整できない。

4．人間は他の動物と違って、欲をおさえ、他を思いやることができる。

タスク　下線部と（　　　）に適当な言葉を入れなさい。

①**主題**：「＿＿＿＿＿＿＿＿＿＿＿＿＿＿＿＿＿＿＿＿＿＿＿＿＿＿＿＿＿＿＿」

②**キーワード**：「＿＿＿＿＿＿＿＿＿＿＿＿＿＿＿＿＿＿＿＿＿＿＿＿＿＿＿＿」

③**主張**：「＿＿＿＿＿＿＿＿＿＿＿＿＿＿＿＿＿＿＿＿＿＿＿＿＿＿＿＿＿＿＿」

●ほかの動物には絶対にマネできないこと＝（　　　　　　　　　　　　　　　　　　　　　）

　それは、人間以外の動物は（　　　　　　　　　　　　　　　　　　　　）から。

●人間は（　　　　　　　　　　　　　　）に対しても（　　　　　　　　　　　　　）を示せる。

問題II 次の文章を読んで、後の問いに答えなさい。答えは、1・2・3・4から最も適当なもの
を一つ選びなさい。

　ほかの車を無視するかのような運転で強引に四車線を一気に移動し、手を上げる客の前で急停車。
名物ともなったこんな危ない習慣をやめようと、ニューヨークの市長が新たな方法を提案した。
　日中はニューヨークの中心部では手を上げてタクシーを呼ぶのを禁じ、新設する乗り場で列をつく
って待て、というのだ。
　これには運転手も<u>乗客も大反対</u>。「絶対うまくいかないよ。だれだって今、立っているところで乗
りたいんだから」と、タクシー運転手。バス乗り場でタクシーを待っていた男性も「ニューヨーカー
は行列しないって」と言い切るなど、提案の実現は難しそうな雲行きだ。
^(注)

　　　　　　　　　　　　　　　　　　　　　　（朝日新聞1996年1月6日付け「海外情報」による）

（注）雲行き：事の進むようす

問い　「乗客が大反対」する理由はどんなことか。

　1．乗りたいところで乗りたいし、行列するのもいやだから。

　2．客の前でタクシーが急停車して危ないから。

　3．バス乗り場でタクシーに乗るのがいやだから。

　4．危ない習慣をやめようと市長が言うから。

　タスク　下線部と（　　）に適当な言葉を入れなさい。

①**主題**：「＿＿＿＿＿＿＿＿＿＿＿＿＿＿＿＿＿＿＿＿＿＿＿＿＿＿＿＿＿＿＿＿＿＿＿＿＿」

②**キーワード**：「＿＿＿＿＿＿＿＿＿＿＿＿＿＿＿＿＿＿＿＿＿＿＿＿＿＿＿＿＿＿＿＿＿」

③**主張**：「＿＿＿＿＿＿＿＿＿＿＿＿＿＿＿＿＿＿＿＿＿＿＿＿＿＿＿＿＿＿＿＿＿＿＿＿＿」

●ニューヨーク市長の新提案＝（　　　　　　　　　　　　　　　　　　　　　　　　　　　　）

　これは、（　　　　　　　　　　　　　　　　　　　　　　　　　　　　　　　　　　　　　）

　という危ない習慣をやめるため。

●この提案の実現は（　　　　　　　　　　　　　　　　　　　　　　　　　　　　　　　　）。

問題Ⅲ　次の文章を読んで、後の問いに答えなさい。答えは、１・２・３・４から最も適当なもの
　　　　を一つ選びなさい。

①現代は奇妙に甘えの充満している時代であり、このことをいいかえれば、皆子供っぽくなっているということであろう。いや、子供と大人の区別が昔ほど判然としなくなったという方が当たっているかもしれない。子供はマスコミのお蔭で早くからいろんなことを知るので、大人を大人とも思わない、それこそ大人のような子供がふえてきている。実際、世代間断絶とひとはいうが、世代間境界の喪失ということの方が現代の記述としては当たっている。それと同じように大人の方も、昔のように大人らしい大人はいなくなって、子供のような大人がふえてきている。そしてこの（　②　）に共通するものこそ甘えなのである。

　　　　　　　　　　　　　　　　（土居健郎『「甘え」の構造』弘文堂による、一部改）

（注１）充満：いっぱいになること　　（注２）判然としない：はっきりしていない　　（注３）断絶：切れて分かれていること　　（注４）喪失：失うこと

問１　①「現代は奇妙に甘えの充満している時代」とはどういう時代か。

　１．子供と大人という世代間の境界がなくなっている時代

　２．子供と大人の断絶が激しく、意思が全く通じ合わない時代

　３．昔のように大人らしい大人がいなくなり混乱した時代

　４．情報化が進み、子供が早くからいろいろなことを知りすぎる時代

問２　（　②　）に入る最も適当なものを、１・２・３・４の中から一つ選びなさい。

　１．大人らしい大人と子供らしい子供　　　　２．大人らしい大人と子供のような大人

　３．大人のような子供と子供のような大人　　４．子供のような大人と子供らしい子供

タスク　下線部と（　　　）に適当な言葉を入れなさい。

①主題：「＿＿＿＿＿＿＿＿＿＿＿＿＿＿＿＿＿＿＿＿＿＿＿＿＿＿＿＿＿＿＿＿＿」

②キーワード：「＿＿＿＿＿＿＿＿＿＿＿＿＿＿＿＿＿＿＿＿＿＿＿＿＿＿＿＿＿」

③主張：「＿＿＿＿＿＿＿＿＿＿＿＿＿＿＿＿＿＿＿＿＿＿＿＿＿＿＿＿＿＿＿＿＿」

●奇妙に甘えの充満している時代＝子供と（　　　　　　　　　　　　　　　　　　　　　）。

●世代間境界の喪失＝（　　　　　　　　　　　　　　　　　　　　）子供がふえ、

　　　　　　　　　　（　　　　　　　　　　　　　　　　　　　　）大人がふえている。

問題Ⅳ　次の文章を読んで、後の問いに答えなさい。答えは、１・２・３・４から最も適当なもの
　　　　を一つ選びなさい。

　オフィス族ほど変化に弱い人種はない。弱い上にモロいといったほうがいい。オフィス内であれば、
どんな小さな変化にも（　①　）。それはどんな些細な出来事でも自分の日常を脅かすのではないか
と言う懸念につながるからである。だから、それぞれに情報探知のシステムを持ち、さらに経験によ
って探知能力を磨きつづけている。

　五官の感覚機能をつねにフル回転させるとともに、自分を中心とする人脈を通じて飛び込んでくる
虚実入り混じった噂話なども、けしておろそかにしない。第六感を働かせて変化の兆しをよみとろう
とする。

「ここだけの話なのだが……」

と、声を潜めてささやきかけられたら、②目の色を変えないオフィスマンはまずいないだろう。とっ
ておきの情報を教えてやろうというのだから無理はない。たいていは体を浮かせて、その瞬間にひど
く無防備になる。いったい何事が起こったのだろう……と、かならず話に乗ってくるものだ。

　〈ここだけの話……〉それは蜜のように甘美なささやきなのである。

　　　　　　　　　　　　　　（福本武久『ここだけの話だけど──ビジネス語入門』筑摩書房より）

（注１）些細な：小さい　　（注２）懸念：心配　　（注３）虚実：真実ではないことと真実　　（注４）声を潜め
る：声を小さくする

問１　（　①　）に入る言葉として最も適当なものはどれか。

　１．弱い反応を示す　　２．なかなか対応できない　　３．敏感に反応する　　４．恐れをもって対応する

問２　②「目の色を変えないオフィスマンはまずいない」の意味として最も適当なものはどれか。

　１．たいていのオフィスマンは無防備になる。

　２．たいていのオフィスマンは大きな関心を示す。

　３．たいていのオフィスマンはとっておきの情報を教えてやろうと思う。

　４．たいていのオフィスマンは日常を脅かされるのではないかと不安になる。

タスク　下線部と（　　）に適当な言葉を入れなさい。

①主題：「＿＿＿＿＿＿＿＿＿＿＿＿＿＿＿＿＿＿＿＿＿＿＿＿＿＿＿＿＿＿＿＿＿＿＿＿＿＿＿」

②キーワード：「＿＿＿＿＿＿＿＿＿＿＿＿＿＿＿＿＿＿＿＿＿＿＿＿＿＿＿＿＿＿＿＿＿＿＿＿」

③主張：「＿＿＿＿＿＿＿＿＿＿＿＿＿＿＿＿＿＿＿＿＿＿＿＿＿＿＿＿＿＿＿＿＿＿＿＿＿＿＿」

●オフィス族＝（　　　　　　　　　　　）人種

　　どんな些細な出来事でも、（　　　　　　　　　　　　　　　　）を働かせ、自分を中心とする

（　　　　　　　　　　　　　）なども、けしておろそかにしない。

ステップ2《並べ替え編》

解いてみよう

例題 次の文章を読んで、後の問いに答えなさい。答えは、1・2・3・4から最も適当なものを
一つ選びなさい。

下のAからDは、それぞれア、イ、ウ、エのどこかに入る文です。

子どもというものは、大人はめったにまちがいや失敗をしない、とでも思っているらしい。まして
や、教師ともなれば、その点においては絶対である、と思われていることは確かである。

ア

イ

ウ

エ

A | たいていの大人は、子どもたちの顔を見るにつけ、子どもたちのやること、なすことにいちいちその失敗を見つけては小言をいう。

B | だから、素直な子どもたちは、失敗に対しては、いつもびくびくしているということが多いのである。

C | しかし、考えてみれば、子どもたちにそう思われてしまうのも無理のないことなのかもしれない。

D | まるで自分は、ただの一度も失敗などしたことがないかのようにである。

（多湖 輝『子どもが伸びる102の授業術』東京書籍による）

問い 正しい組み合わせのものを選びなさい。

1. ア：A　　イ：D　　ウ：B　　エ：C　　　　2. ア：C　　イ：B　　ウ：A　　エ：D

3. ア：A　　イ：D　　ウ：C　　エ：B　　　　4. ア：C　　イ：A　　ウ：D　　エ：B

「並び替えの問題」は、文章内の文のつながりを正確に把握し、全体の流れを理解しているかどうかを問うものです。しかし、以下の「解法」に従って問題を解けば、"答え"は自ずと現れます！

解法その1：「接続詞」に注意する

解法その2：「人称代名詞」や「指示代名詞（指示語）」に注意する

解法その3：「名詞」に注意する

解法その4：最初の文の中にある「言葉」に注意する

解法その5：「関係のある部分」からまとめていく

解答・解説

では、例題の文章について見てみましょう。

　子どもというものは、大人はめったにまちがいや失敗をしない、とでも思っているらしい。ましてや、教師ともなれば、その点においては絶対である、と思われていることは確かである。

A　たいていの大人は、子どもたちの顔を見るにつけ、子どもたちのやること、なすことにいちいちその失敗を見つけては小言をいう。

B　だから、素直な子どもたちは、失敗に対しては、いつもびくびくしているということが多いのである。

C　しかし、考えてみれば、子どもたちにそう思われてしまうのも無理のないことなのかもしれない。

D　まるで自分は、ただの一度も失敗などしたことがないかのようにである。

◆出ている言葉を整理すると

	子ども（たち）	大人	失敗	思う（思われる）
第1文	○	○	○	×
A	○	○	○	×
B	○	×	○	×
C	○	×	×	○
D	×	○（自分）	○	

①「子ども（たち）」は、D以外全部に出ているのでよくわからない。

②「大人」に着目すると……「A→D」の関係がわかる。

③「失敗」に着目すると……「A→D→B」の関係がわかる。

④「思う（思われる）」に着目すると……「第1文→C」の関係がわかる。

→そこで選択肢を見ると……答えは4（C→A→D→B）

《全文》

　子どもというものは、大人はめったにまちがいや失敗をしない、とでも思っているらしい。ましてや、教師ともなれば、その点においては絶対である、と思われていることは確かである。

　しかし、考えてみれば、子どもたちにそう思われてしまうのも無理のないことなのかもしれない。たいていの大人は、子どもたちの顔を見るにつけ、子どもたちのやること、なすことにいちいちその失敗を見つけては小言をいう。まるで自分は、ただの一度も失敗などしたことがないかのようにである。

　だから、素直な子どもたちは、失敗に対しては、いつもびくびくしているということが多いのである。

問題Ⅰ　次の文章を読んで、後の問いに答えなさい。答えは、1・2・3・4から最も適当なものを一つ選びなさい。

下のAからDは、それぞれア、イ、ウ、エのどこかに入る文です。

鳥の中には奇妙な結婚をしているものが知られている。

たとえば、赤んぼを運んでくるという伝説で有名なコウノトリだ。

ア

イ

ウ

エ

A　ところが、そういうところで出あった夫婦は、お互いに相手がだれだかわからないのである。自分の配偶者(注1)ぐらい、どこで出あってもわかりそうなものだと思うけれど、それがそうではないのである。二人はまったく知らん顔をしたままめいめいに餌(注2)をあさり、あさり終えると、それぞれ勝手に飛びたって、巣へ帰ってゆく。

B　コウノトリは高い木の上や、人家の屋根の上などに巣を作る。"正式に"結婚した夫婦のコウノトリは、そこで協力してひなを育てる。餌はすこし遠出して、池や沼でつかまえてくる。ときには夫が餌とりに出かけている間に、妻も餌をとりに出ていくことがある。餌場は限られているので、夫と妻が餌場で出あうこともしばしばだ。

C　巣の中と、それ以外の場所とは、まったくべつなのである。コウノトリの夫婦は、巣の中でだけお互いに相手が自分の夫ないし妻(注3)であることがわかり、そのように振る舞うのであって、巣を離れたら、まったく見知らぬ人になってしまうのだ。

D　一羽が巣に戻ってひなの世話をしているところへ、やがてもう一羽が帰ってくると、今度はお互いにだれだかわかる。"あ、お前か"というわけだけれど、だからといって、たとえば、"さっき池で出あったのは、ひょっとしてお前だったのかい？"ということにはならない。

（日高敏隆『人類はいません』福村出版より）

（注1）配偶者：夫または妻　　（注2）あさる：さがす　　（注3）ないし：または

問い　正しい組み合わせのものを選びなさい。

1．ア：B　　イ：C　　ウ：A　　エ：D　　2．ア：B　　イ：A　　ウ：C　　エ：D

3．ア：B　　イ：A　　ウ：D　　エ：C　　4．ア：D　　イ：C　　ウ：B　　エ：A

鳥の中には奇妙な結婚をしているものが知られている。

たとえば、赤んぼを運んでくるという伝説で有名な[例]コウノトリ だ。

A　ところが、そういうところで出あった夫婦は、お互いに相手がだれだかわからないのである。自
　　分の配偶者ぐらい、どこで出あってもわかりそうなものだと思うけれど、それがそうではないので
　　ある。二人はまったく知らん顔をしたままめいめいに餌をあさり、あさり終えると、それぞれ勝手
　　に飛びたって、巣へ帰ってゆく。

B　コウノトリ は高い木の上や、人家の屋根の上などに巣を作る。"正式に"結婚した夫婦のコ
　　ウノトリは、そこで協力してひなを育てる。餌はすこし遠出して、池や沼でつかまえてくる。とき
　　には夫が餌とりに出かけている間に、妻も餌をとりに出ていくことがある。餌場は限られているの
　　で、夫と妻が餌場で出あうこともしばしばだ。

C　巣の中と、それ以外の場所とは、まったくべつなのである。コウノトリの夫婦は、巣の中でだけ
　　お互いに相手が自分の夫ないし妻であることがわかり、そのように振る舞うのであって、巣を離れ
　　たら、まったく見知らぬ人になってしまうのだ。

D　一羽が巣に戻ってひなの世話をしているところへ、やがてもう一羽が帰ってくると、今度はお互
　　いにだれだかわかる。"あ、お前か"というわけだけれど、だからといって、たとえば、"さっき池
　　で出あったのは、ひょっとしてお前だったのかい？"ということにはならない。

タスク2　空欄に適当な言葉を入れなさい。

　　　　　　　は高い木の上や人家の屋根などに　　　　を作る。　　　の　　　　　　はそこで協力し
てひなを育てる。ときには　　　　が＿＿＿＿＿間に　　　　も＿＿＿＿＿ことがある。　　　と
　　　　が＿＿＿＿＿もしばしばだ。
　　↓
（　　　）＿＿＿＿＿で出会った　　　　はお互いに＿＿＿＿＿。　　　　はまったく知らん顔をした
まま＿＿＿＿＿　　　　へ帰って行く。
　　↓
　　　が　　　に戻って＿＿＿＿＿へ、もう　　　　が帰ってくると、今度はお互いに＿＿＿＿＿。
　　↓
　　　の中と＿＿＿＿＿とは、まったくべつなのである。　　　　　　の　　　は、　　　を離れ
たら＿＿＿＿＿のだ。

問題II 次の文章を読んで、後の問いに答えなさい。答えは、1・2・3・4から最も適当なもの
を一つ選びなさい。

　下のAからDは、それぞれア、イ、ウ、エのどこかに入る文です。

　最近耳にする言い方、下降調で言う「……じゃないですか」は、文脈によっては押しつけがましい
感じを与え、投書などでも話題になる。
　上昇調のイントネーションで「この傘、お客さんのじゃないですか↗」と聞くのは、まったく自然
な日本語である。

ア

イ

ウ

エ

A
だから、「ぼく四月一日生まれなんだけど（なんだよね、なんです）。だから……」などのよう に言うほうがいい。「……じゃないですか」は、この会話の前提をつくらずに、いきなり自分 の知識なり前提なりを相手に押しつけるような用法なので、抵抗を感じさせているのだろう。

B
そもそも日本語の話し方としては、相手が知っていることでも、「ご承知おきと思いますが」 とか「ご案内のとおり」（略）などと断るのが典型で、相手と自分が知識を共有していること を前提にして本題に入るのが適切とされる。

C
しかし、自分しか知らないことを言って、あとに文を続けるときに、下降調で「ぼく四月一日 生まれじゃないですか。だから……」のように言うのは、ちょっとおかしい。若い人の言いは じめているのは、この例のような「……じゃないですか」なのだ。

D
ひびきは違うが、下降調でも言いうる。これは相手が知らないと思われることについて使った 例で、しかも単純な疑問文である。

（井上史雄『日本語ウォッチング』岩波新書より）

問い　正しい組み合わせのものを選びなさい。
　1．ア：C　　イ：A　　ウ：B　　エ：D　　　2．ア：D　　イ：C　　ウ：B　　エ：A
　3．ア：B　　イ：C　　ウ：D　　エ：A　　　4．ア：D　　イ：B　　ウ：A　　エ：C

タスク1 例のように、同じ言葉や表現を□や○などで囲み、順番を考えて線で結びなさい。

　最近耳にする言い方、^例「下降調」で言う「……じゃないですか」は、文脈によっては押しつけがましい感じを与え、投書などでも話題になる。

　上昇調のイントネーションで「この傘、お客さんのじゃないですか↗」と聞くのは、まったく自然な日本語である。

A　だから、「ぼく四月一日生まれなんだけど（なんだよね、なんです）。だから……」などのように言うほうがいい。「……じゃないですか」は、この会話の前提をつくらずに、いきなり自分の知識なり前提なりを相手に押しつけるような用法なので、抵抗を感じさせているのだろう。

B　そもそも日本語の話し方としては、相手が知っていることでも、「ご承知おきと思いますが」とか「ご案内のとおり」（略）などと断るのが典型で、相手と、自分が知識を共有していることを前提にして本題に入るのが適切とされる。

C　しかし、自分しか知らないことを言って、あとに文を続けるときに下降調で「ぼく四月一日生まれじゃないですか。だから……」のように言うのは、ちょっとおかしい。若い人の言いはじめているのは、この例のような「……じゃないですか」なのだ。

D　ひびきは違うが、下降調でも言いうる。これは相手が知らないと思われることについて使った例で、しかも単純な疑問文である。

タスク2 空欄に適当な言葉を入れなさい。

[　　　]のイントネーションで～と聞くのは＿＿＿＿＿＿＿＿＿である。
　↓
[　　　]でも＿＿＿＿＿＿。
　↓
（　　）＿＿＿＿＿＿を言ってあとに文を続けるときに[　　　]で言うのは＿＿＿＿＿＿。
　↓
（　　）日本語の話し方としては、＿＿＿＿＿＿＿＿＿を[　　　　　]にして本題に入るのが適切。
　↓
（　　）「……＿＿＿＿＿＿」は[　　　　　]を作らずに＿＿＿＿＿＿＿＿＿なので、
抵抗を感じさせているのだろう。

解いてみよう

例題 次の文章を読んで、後の問いに答えなさい。答えは、1・2・3・4から最も適当なものを
一つ選びなさい。

| 論説文 | **説明文** | 随筆文 | 小説文 |

　たいていの映画館では、映画本編の上映に先立って予告編を流している。

　予告編が始まると、廊下で煙草を吸ったり、ポップコーンを片手にだべっていた観客はあわてて席
に戻り、視線をスクリーンに投げかける。(注1)

　映画館で流れる新作情報は、かなり早い。まだテレビや雑誌にも出ていない、何カ月も先の新作が
「特報」の形で紹介される。邦画の場合なら、「撮影快調！」の大きな見出しに続いて、制作中の作品(注2)
の舞台裏や撮影風景が紹介されたりもする。予告編は、新しもの好きの映画ファンにはこたえられな
い"情報源"なのである。(注3)

　もうひとつ、予告編というやつには、（　①　）予想がつかない、という楽しさがある。派手なア
クション映画のワンシーンがドカンと映し出されたかと思うと、続いていきなり、残忍無比なスプラッ(注4)　　(注5)
ター・ムービーになったりする。時には、夏休み子供まんが祭りの会場に、次回上映予定の大人向
けラブ・ロマンスの濡れ場が、堂々と映し出されてしまうことだってある。(注6)

②そんな意外性が、予告編の魅力だろう。見たこともない新作のさわりが、つぎつぎにスクリーンに(注7)
現われては消える。わずか二分前後の音と映像の中に、その作品の"売り"の要素が凝縮されてい(注8)
るのだ。観客は知らず知らずのうちに、いくつかのシーンを記憶し、ついでに映画の題名まで覚えて
しまう。ストーリーの妙で勝負する（　③　）とは違って、（　④　）はイメージで観客に訴えかけ(注9)
るわけだ。その手法はむしろMTV（音楽プロモーション・ビデオ）などに近いかもしれない。映画
の古典的な宣伝手段でありながら、そこにはビデオ時代にも対応する、表現上の可能性が秘められて(注10)
いる。予告編は、古くて新しいメディアなのである。

　　　　　　　　　　　　　　（岡見圭『映画という仕事　聞書　映画職人伝』平凡社による）

（注1）だべる：しゃべる　　（注2）邦画：日本の映画　　（注3）こたえられない：大変よい　　（注4）残忍
無比：とても残酷なこと　　（注5）スプラッター・ムービー：場面変化が激しい映画　　（注6）濡れ場：男
女の恋愛場面　　（注7）さわり：見せ場、おもしろい場面　　（注8）凝縮する：内容を一点に集中させる
（注9）妙：おもしろさ　　（注10）秘める：内に隠す

問1　（　①　）に入る適当な言葉を選びなさい。

1．どのようにして映画を作るのか

2．いったい何が飛び出してくるか

3．どうして映画がおもしろくなるか

4．いったいどこに情報源があるか

問2　②「そんな意外性」とはどういうことか。

1．無関係な映画のシーンが続いて出てくること

2．何か月も先の新作映画の情報がどんどんでてくること

3．大人向けのラブ・ロマンス映画のシーンが出てくること

4．派手なアクション映画のワンシーンがドカンと映し出されること

問3　（　③　）と（　④　）に入る言葉の正しい組み合わせを選びなさい。

1．③：新作　　④：予告編

2．③：本編　　④：新作

3．③：予告編　④：本編

4．③：本編　　④：予告編

問4　筆者が言う「予告編の特徴」として正しくないものを一つ選びなさい。

1．新作映画のいい情報源であること

2．おもしろいストーリーが変化していくこと

3．いろいろな新作のおもしろいシーンが見られること

4．古典的な手段である一方、新しい可能性も秘めていること

ずばり！ 解法

　文章の種類には、大きく分けて「論説文」「説明文」「随筆文」「小説文」の４つがあります。これらのうち特に、今までよく出題されている「論説文」「説明文」「随筆文」の特徴を知れば、読みやすさがアップします。

解法その１：「論説文」の特徴を知る

・内容……ある事柄に対する著者の論説

　　　→「筆者が一番言いたいことは何か」を捉える！

解法その２：「説明文」の特徴を知る

・内容……ある知識や情報とそれを紹介する著者の意見

　　　→「ある知識や情報を説明することで筆者が何を伝えたいのか」を捉える！

解法その３：「論説文・説明文」の構成を知る

・構成…… 話題提起 ：キーワードは具体物。カタカナの名詞、漢字の名詞に要注意！

　　　 具体例 ：ここはサッと読もう！

　　　 意見まとめ ：ここに要注意！　筆者の意見がある！

解法その４：「随筆文」の特徴を知る

・内容……日常的な体験についての著者の感想や意見

　　　「筆者が何を感じたか、何を言いたいのか」を捉える！

・構成…… 体験 ：筆者のエピソードが中心。主人公＝筆者（「私」）。形式段落、「会話文」あり。

　　　 感想・意見 ：ここに要注意！　筆者の感想や意見がある！

解法その５：読み方の手順

1. 出典をチェックしよう！ ：出典名や本の名前にキーワードが隠れています。
2. キーワードを探そう！ ：たくさん出てくる言葉＝キーワード（カタカナや漢語に注意）
3. 段落分けをしよう！ ：段落ごとに内容を捉えます。特に最初と最後が重要。
4. 最初の一文（一段落）に要注意！ ：ここで、「何についての文章か」がわかります。
5. 筆者の意見はどこ？ ：最終段落に要注意。まとめの中に意見があります。

　・「～（な）のです／～ではないでしょうか」

　・「～だ／～である／～であろう／ではなかろうか」などの文末表現に注意！

では、例題で確認してみましょう。

問1　本文の前後を見ると、

「もうひとつ、予告編というやつには、（　①　）予想がつかない、という楽しさがある」

「予想がつかない」「楽しさ」この2つの言葉と合う選択肢を選びます。

　1．どのようにして映画を作るのか　　　2．いったい何が飛び出してくるか

　3．どうして映画がおもしろくなるか　　4．いったいどこに情報源があるか

従って、答えは**2**です。

問2　「そんな意外性」とありますから、前の文を見ると、

「派手なアクション映画のワンシーンがドカンと映し出されたかと思うと、続いていきなり、

残忍無比なスプラッター・ムービーになったりする。時には、夏休み子供まんが祭りの会場に、次

回上映予定の大人向けラブ・ロマンスの濡れ場が、堂々と映し出されてしまうことだってある」

　1．無関係な映画のシーンが続いて出てくること

　2．何か月も先の新作映画の情報がどんどん出てくること

　3．大人向けのラブ・ロマンス映画のシーンが出てくること

　4．派手なアクション映画のワンシーンがドカンと映し出されること

「いろいろな映画のシーン」という意味がないとだめなので、答えは**1**です。

問3　本文の前後を見ると、

「ストーリーの妙で勝負する（　③　）とは違って、（　④　）はイメージで観客に訴えかけるわけだ」

「ストーリー」があるのは「本編」、瞬間的な「イメージ」は「予告編」。だから、答えは**4**です。

問4　「予告編」の特徴を考えれば簡単ですね。

　1．新作映画のいい情報源であること

　2．おもしろいストーリーが変化していくこと

　3．いろいろな新作のおもしろいシーンが見られること

　4．古典的な手段である一方、新しい可能性も秘めていること

予告編には「ストーリー」がありませんから、答えは**2**です。

問題Ⅰ　次の文章を読んで、後の問いに答えなさい。答えは、１・２・３・４から最も適当なもの
を一つ選びなさい。

論説文 | 説明文 | 随筆文 | 小説文

　君達は研究するからにはいい研究がしたいだろうと思う。ではいい研究とはどんな研究か、人によって考え方はさまざまであろう。その一つの方向は社会の役に立つ研究、たとえば人の病気を治し、新しい産業をおこすような研究である。もう一つの方向は、社会の考え方を深いところで変えるような研究、新しい科学の分野を作るような研究である。20世紀後半の例で言うとショックレーのトランジスターの研究は、エレクトロニクスという巨大な産業分野を作り出したし、ワトソンとクリックのDNA構造の発見は分子生物学という新しい分野を作り出し、生物学に革命をもたらした。

　産業と科学の違いはあるが二つとも新しい分野を生み出した源（origin）という意味でオリジナルな研究と呼ばれる。少し欲ばり過ぎといわれるかも知れないが、私が君達に望みたいのはこのようなオリジナルな研究である。日本語に訳せば源流的研究ということだろう。日本では最近独創的研究ということがだいぶ①やかましい。たぶんみんなオリジナルという意味で使っていると思うが、独創的と源流的とではニュアンスがちがうのでこれからは②原語のオリジナルでいこう。（中略）

　オリジナルな研究とはつねに闇を光で照らし出すような、混沌に秩序を与えるような、迷っている人々に見通しを与えるような研究である。しかしオリジナルな研究がいつも天才を必要とするとは限らない。壁に穴をあけ外の光りを入れるのには（　③　）。勇気と努力のある人々が数多く試みれば幸運に恵まれた人が誰か成功するだろう。その結果「誰々の発見」と賞賛されるが、その人がやらなかったらできなかったろうという仕事はまずない。彼がやらなくても早晩誰か他の人が成功したであろう。この点、ピカソが生まれなければピカソの絵はなかったであろう芸術の世界とは違う。芸術の世界が［　Ａ　］なら科学の世界は［　Ｂ　］である。

　その点で、科学における創造は芸術創造と似ていながらそれとは違うむずかしさを持っている。科学ではまず競争に勝たなければならない。そのためには時代の新しい動きをつかまえてその最先端に出なければならない。

　　　　　　　　（東大サバイバル英語実行委員会『理系のためのサバイバル英語入門』講談社による）
（注１）ショックレー：人名　　（注２）トランジスター：電流の流れる方向を変える超小型電気回路の部品
（注３）ワトソン：人名　　（注４）クリック：人名　　（注５）DNA：生物の遺伝子を構成している物質
（注６）早晩：いつか必ず　　（注７）ピカソ：人名

問1 ①「やかましい」の意味はどれか。

1．独創的かどうか厳しく調べられる　　2．詳しく研究されている

3．よく話題にされている　　4．あいまいな使い方になっている

問2 ②「原語のオリジナルでいこう」と言っているのはなぜか。

1．独創的でもあり源流的でもあると言いたいから。

2．独創的と源流的のちがいがはっきりしないから。

3．「オリジナル」という言葉で独創的だという意味を表現したいから。

4．「オリジナル」という言葉で源流的だという意味を表現したいから。

問3 （　③　）に入る文はどれが適当か。

1．天才は必要としない　　2．天才であろうはずがない

3．天才になるとも限らない　　4．天才であらねばならない

問4 ［　A　］［　B　］に入る言葉はどれが適当か。

1．A：独創的　B：創造的　　2．A：独走的　B：競争的

3．A：源流的　B：独創的　　4．A：独創的　B：競争的

問5 次の表のC、Dに入る言葉はどれが適当か。

研究	分野	新しい分野	研究の特色
トランジスターの研究	産業	エレクトロニクス	C
DNA構造の発見	科学	分子生物学	D

1．C：社会の役に立つ　　D：人の病気を治す

2．C：社会の考え方を変える　　D：新しい科学の分野を作る

3．C：人の病気を治す　　D：新しい産業をおこす

4．C：社会の役に立つ　　D：社会の考え方を変える

問6 本文内容と合うものはどれか。

1．いい研究をするためには時代の新しい動きの最先端にいなくてはいけない。

2．オリジナルな研究は勇気と努力によってはじめて成し遂げることができる。

3．産業では社会に役に立つ研究が、科学ではオリジナルな研究がいい研究だと言える。

4．芸術における創造はその人さえいればできるが、科学では創造は難しい。

　空欄に当てはまる言葉や文を、文章の中から抜き出して書きなさい。

1．出典は……「＿＿＿＿＿＿＿＿＿＿＿＿＿＿＿＿＿＿＿＿＿＿＿＿＿＿＿」

2．段落は……第1段落：＿＿＿＿行目　～＿＿＿＿＿行目

　　　　　　　第2段落：＿＿＿＿行目　～＿＿＿＿＿行目

　　　　　　　第3段落：＿＿＿＿行目　～＿＿＿＿＿行目

　　　　　　　第4段落：＿＿＿＿行目　～＿＿＿＿＿行目

3．キーワード（たくさん出てくる言葉）は……「＿＿＿＿＿＿＿＿＿＿＿＿＿＿＿」（　　　個）

4．何についての文章か（＝主題）……「＿＿＿＿＿＿＿＿＿＿＿＿＿＿＿＿」

5．筆者が一番言いたいことはどの文か……

　　「＿＿＿＿＿＿＿＿＿＿＿＿＿＿＿＿＿＿＿＿＿＿＿＿＿＿＿＿＿＿＿＿＿＿

　　＿＿＿＿＿＿＿＿＿＿＿＿＿＿＿＿＿＿＿＿＿＿＿＿＿＿＿＿＿＿＿＿＿＿」

●要約

　（　　　　　　　　　　　　　　　）とは、人によって考え方がさまざまである。その一つの方向は

（　　　　　　　　　　　　）であり、もう一つの方向は（　　　　　　　　　　　　　　）である。

　私が君達に望みたいのは（　　　　　　　　　　　）である。（　　　　　　　　　　）とは

（　　　　　　　　　　　　　　　　　　　　　　）ような研究である。

　（　　　　　　　　　　）ではまず競争に勝たなければならない。

　そのためには（　　　　　　　　　　　　　　　　　　　　　　　　）なければならない。

問題Ⅱ 次の文章を読んで、後の問いに答えなさい。答えは、1・2・3・4から最も適当なもの
を一つ選びなさい。　　　　　　　　　　　　　　　論説文 説明文 随筆文 小説文

　情報化社会では、情報の質と量が、思考のいかんを決定づける条件である、ということはくりかえ
し強調してきました。情報は、機械にストックされ、検索されるのをまっています。たしかに、情報
　　　　　　　　　　　　　（注1）
は、あるていど整理され、いつでも使えるような形になっています。しかし、それらを使って、すぐ
にでも思考活動に入ることができる人は、もうかなりの訓練を経ている人なのです。始めから、情報
を縦横に駆使して思考できる人のことは、ここでは対象外にしています。
　（注2）　（注3）
　私は、情報を蓄積する機械のことを、強調しすぎたかも知れません。もちろん、知識や情報を蓄積
しているのは、コンピューターばかりではありません。いまでも、書物、雑誌、新聞等、活字と紙の
組み合わせが、重要な情報提供物であることに変わりはありません。それに、コンピューターも、情
報が私たちの前に現れるときは、活字と紙の組み合わせになったものなのです。つまりは、（　①　）
の一種なのです。

　読書は、考える素材を提供する、第一のものではなくなりました。迅速さ、正確さ、多様さ、臨場
　　　　　　　　　　　　　　　　　　　　　　　　　　　　（注4）　　　　　　　　　　（注5）
感、面白さ、等々という点で、読書の持つ有用性と魅力は、相対的に低下していることは、たしかで
（注）
す。しかし、聞くにせよ、見るにせよ、触れるにせよ、味わうにせよ、何事かを「②読み取る read-
ing」のです。その意味でいえば、考えることと読むこととの距離は、いぜんとして一番近いといっ
てよいのです。いまなお、読書、とりわけ、書物を読むこと（reading　books）でなければ、える
ことのできない思考の技術は、絶大なのです。

　なによりも、特定の人間が、思考し、書いているのが書物です。そこには、提供される客観的な知
識や情報以外に、思考の生理とでもいうようなものが、息づいています。いい書物は、呼吸していま
す。③それが、書物の中から抜け出して、私たちの魂をとらえるのです。そこに、思考のドラマが展
開される、ということです。

　書物は、繰り返し、たっぷりと参照できます。読むたびに、読後感が違います。読み手の変化にあ
わせて、違った姿を見せます。これはどんなことにも当てはまることですが、とりわけ書物は多義的
な内容に満ちているのです。一冊の書物とつきあうことは、④全世界とつきあうことに似ている、そ
んな書物もあります。

　　　　　　　　　　　　　　　　　　　　　　　（鷲田小彌太『自分で考える技術』PHP研究所より）

（注1）検索：調べてさがしだすこと　　（注2）縦横に：十分に　　（注3）駆使：自由に、上手に使うこと
（注4）迅速さ：速さ　　（注5）臨場感：ほんとうにその場にいるような感じ

問1 （　①　）に入る言葉はどれか。

1．機械　　　　　　　2．情報　　　　　　3．技術　　　　　4．読書

問2 ②「読み取る」というのはどういうことか。

1．提供された素材を読むこと

2．書かれている情報を迅速に正確に読むこと

3．伝えられた内容をよく理解すること

4．よく見たり聞いたり触れたり味わったりすること

問3 ③「それ」とは、何か。

1．客観的な知識や情報

2．書物の呼吸

3．書物を書いた人の思考

4．いい書物

問4 右のA、Bに入る言葉はどれか。

1．A＝素材　　　　　B＝情報

2．A＝情報　　　　　B＝思考

3．A＝ドラマ　　　　B＝素材

4．A＝思考　　　　　B＝ドラマ

機械＝[　A　]
読書＝[　B　]

問5 ④「全世界とつきあうこと」とはどういうことか。

1．一冊の書物を通して、世界のさまざまなことを考えることができるということ。

2．一冊の書物を読むだけで、世界のあらゆることがわかるということ。

3．一冊の書物から、全世界の書物を読むまで考えが発展するということ。

4．一冊の書物を読むにも、世界のいろいろな知識が必要だということ。

問6 文の内容と合うのはどれか。

1．書物から情報を得て思考するには機械の訓練が必要だ。

2．書物には情報源としての有用性は認められない。

3．書物を読んでも思考の技術を得ることはできない。

4．書物には書物でなければ得られないよさがある。

タスク 空欄に当てはまる言葉や文を、文章の中から抜き出して書きなさい。

1．出典は……「_____」

2．段落は……第1段落：_____行目　～　_____行目

　　　　　　　第2段落：_____行目　～　_____行目

　　　　　　　第3段落：_____行目　～　_____行目

　　　　　　　第4段落：_____行目　～　_____行目

　　　　　　　第5段落：_____行目　～　_____行目

3．キーワード（たくさん出てくる言葉）は……「_____」（　　個）

4．何についての文章か（＝主題）……「_____」

5．筆者が一番言いたいことはどの文か……

　　「_____」

●要約

　（　　　　　）では、情報の（　　　）と（　　　）が、（　　　　　　　　）条件である。

いまでも、（　　　　）、（　　　　）、（　　　）など、（　　　　　　　　）が、重要な

（　　　　　　）であることに変わりはない。

　（　　　　）は、（　　　　　　　　）、第一のものではなくなった。（　　　　）、（　　　　）、

（　　　）、（　　　）、（　　　）、等々という点で、読書の持つ（　　　）と（　　　）は、相対的に

低下している。しかし、（　　　　　）と（　　　　　　）との距離は、いぜんとして一番近い。

　（　　　）は、特定の人間が、思考し、書いているもの。（　　　　　）は、呼吸している。それ

が、書物の中から抜け出して、私たちの（　　）をとらえる。それは、そこに（　　　　　　）、

ということ。

　とりわけ書物は（　　　　　　　　）に満ちている。一冊の書物と（　　　　　　）ことは、

（　　　）と（　　　　　）ことに似ている、そんな書物もある。

読解　解答 **ステップ1** **問題Ⅰ** 4 **問題Ⅱ** 1 **問題Ⅲ** 問1 1 問2 3 **問題Ⅳ** 問1 3

問2 2 **ステップ2** **問題Ⅰ** 3 **問題Ⅱ** 2 **ステップ3** **問題Ⅰ** 問1 1 問2 4 問3 1

問4 1 問5 4 問6 4 **問題Ⅱ** 問1 4 問2 3 問3 3 問4 2 問5 1 問6 4

読解　成績　___／20点

| 0 | | | | 5 | | | | 10 | | | | 15 | | | | 20点 |

| 0 | | | | | | | | | | | 60 | | | 80 | | 100 ％ |
| | | | | | | | | | | もう一息 | | | 合格！ | | |

読解 総合問題

問題 I 次の文章を読んで、後の問いに対する答えとして最も適当なものを 1・2・3・4 から一つ選びなさい。

　アメリカの大都市フィラデルフィアと、その近郊の中程度の人口密度の都市、そして、約 80 キロメートル離れた人口の少ない田舎町、という三つの場所で、ちょっと風変わりな実験が行われた。男性か女性の実験者が、郵便局か食料品店のドアから約 1 メートルの所に立っている。このドアに入ってこようとする通行人が約 3 メートルのところまで来たとき、実験者はその通行人の目を見つめ始める。そのとき通行人がどうするかが調べられた。

　その結果、大都市では約 20 パーセントの人しか視線を合わせなかったが、田舎町では 80 パーセント前後の人が視線を合わせている。とくに、男性の実験者には 35 パーセントの人が、女性の実験者には 43 パーセントの人が視線を合わせたことがわかっている。

（渋谷昌三『人と人との快適距離』日本放送出版協会による）

問い この文章の実験結果と合っているものを一つ選びなさい。
1. 田舎町より大都市のほうが他人に対して関心をもっている人が多い。
2. 田舎町は大都市より他人をよく見ていない。
3. 大都市のほうが田舎町より目を合わせる人が多い。
4. 大都市のほうが田舎町より他人に対して無関心である。

問題 II 次の文章を読んで、後の問いに対する答えとして最も適当なものを 1・2・3・4 から一つ選びなさい。

　毎日通っている大きな通りの途中に、新しいビルの工事をしているところがあります。どんなビルができるのだろうかと、私は毎日楽しみにしています。しかし、新しいビルの工事が始まる前は、そこに何があったのでしょう。あれっ、と思って思い出そうとするのですが、<u>なかなかすぐには思い出せません</u>。古いビルがあったのか、普通の家があったのか、小さな店があったのか…。毎日通っていてよく知っていると思っていた場所なのに、はっきり覚えていないのはどうしてでしょうか。よく知っていると思っていても、本当はあまり注意していない、ということがあるのです。新しいビルの工事も、それまであまり注意していなかったから、前に何がそこにあったか思い出せないのです。

問い　「なかなかすぐには思い出せない」のは、なぜか。

　　1．前のことはすぐ忘れてしまうから

　　2．よく知っていると思っていても、本当はあまり注意していなかったから

　　3．新しいビルの工事が長くて、前のことはあまり覚えていないから

　　4．あれっ、と思って思い出そうとするから

問題Ⅲ　次の文章を読んで、後の問いに対する答えとして最も適当なものを1・2・3・4から一
　　　　つ選びなさい。

　　ごみを燃やすということは、ごみをなくすことではない。ごみの中で姿を変えて気体、例えば、炭
酸ガスや水蒸気になる部分を空中に放出していることである。熱を加えても気体にならないものは、
すべて後に残灰としてのこる。その量は、普通、ごみ総量の一、二割である。残灰は必ずどこかに埋
めなければならない。だから、ごみ焼却は、ごみの減量であって、最終的な処理ではない。中間処理
である。家庭からのごみの発生量が減らない限り、焼却という処理は根源的なごみ対策にはならない
のである。

　　　　　　　　　　　　　　　　　　　　　　　　（吉村　功『ごみと都市生活』岩波新書による）

問い　筆者が言いたいことはどれか。

　　1．ごみ対策は、現在では焼却処理することが最も有効である。

　　2．家庭からのごみの発生量を減らしても、ごみ対策にはならない。

　　3．ごみは焼却しても残灰が残るので、結局根源的な対策にはならない。

　　4．ごみを燃やすと大気が汚れるので、焼却はごみ対策としては有効ではない。

問題Ⅳ　次の文章を読んで、後の問いに対する答えとして最も適当なものを1・2・3・4から一
　　　　つ選びなさい。

　　この実験は、ミツバチに人間と同じような時差をもたらしたとき、ミツバチがどのような行動をと
るかについて調べたものである。パリでは、太陽は正午に最も高いところにある。そのとき、同じ太
陽は、ニューヨークでは朝の太陽として東の空にある。それは朝の七時にあたる。もしミツバチが、
暗室の中であっても、何か壁をつきぬけてくる放射線とか、あるいは何か人間にはわからない方法で
太陽の位置を知って、それにあわせて行動するのなら、パリの暗室の中で正午に餌を食べる学習をし
たミツバチは、ニューヨークの暗室に移動させられた場合、（　a　）の正午に餌の皿のところに出
てくるはずである。そこで、実際に（　b　）で餌の時刻を学習させて、直ちに一気に飛行機で

（　c　）に運んだところ、このミツバチ達は、（　d　）の時刻に併せて餌のある机の上にやってきたのである。すなわち、ミツバチは、太陽ではなく、「体内時計」によって時刻を読んでいるということである。

（参考：青木　清『動物行動の謎』NHKブックス）

問い　（　a　）〜（　d　）に入る適当な言葉の組み合わせを選びなさい。

1．a：パリ　　　　　　b：パリ　　　　　　c：ニューヨーク　　d：ニューヨーク
2．a：ニューヨーク　　b：パリ　　　　　　c：ニューヨーク　　d：パリ
3．a：パリ　　　　　　b：ニューヨーク　　c：パリ　　　　　　d：パリ
4．a：ニューヨーク　　b：ニューヨーク　　c：パリ　　　　　　d：ニューヨーク

問題Ⅴ　次の文章を読んで、後の問いに答えなさい。答えは、1・2・3・4から最も適当なものを一つ選びなさい。

　企業戦略においては、同質的な人材を多数丸抱えするよりも、多様な人材を活用して事業展開を図っていくことが今後考えられよう。そうだとすると、企業が求める人材も個性的な人材や創造力豊かな人材ということになるのではないかと考えられよう。

　しかし、労働省「平成7年雇用管理調査速報」によると、企業が新規大卒者について重視するのは（複数回答）、事務職（総合職）では「熱意・意欲がある」（53.6％）、「一般常識・教養がある」（52.7％）、技術・研究職では「専門的知識・技能がある」（60.7％）、「熱意・意欲がある」（51.2％）がそれぞれ上位となっている。これに対して「創造力・企画力がある」は事務職で26.1％、技術・研究職で28.7％、「ユニークな個性がある」は事務職で19.9％、技術・研究職で8.1％、にとどまっている。企業は依然として創造性や個性よりも熱意・意欲を求めているようである。

（経済企画庁編『平成7年版国民生活白書』より）

（注1）戦略：勝つために立てる計画

問1　下線部「企業が求める人材も個性的な人材や創造力豊かな人材ということになる」のはなぜか、最も適当なものを一つ選びなさい。
1．今後、企業は多様な人材を活用していくことが考えられるから
2．企業は、いつでも多様な人材を活用しているため
3．企業は、熱意・意欲がある人材を求めているから
4．今の企業では、多様な人材の方が多いから

問2 この文章の内容と、<u>合っていないもの</u>を一つ選びなさい。

1．「熱意・意欲がある」人材は、技術・研究職より事務職で多く求められている。

2．「ユニークな個性がある」人材は、依然として多く求められている。

3．「専門的知識・技能がある」人材は、技術・研究職で一番多く求められている。

4．「創造力・企画力がある」人材は、比較的重視されていない。

問題Ⅵ 次の文章を読んで、後の問いに答えなさい。答えは、1・2・3・4から最も適当なものを一つ選びなさい。

　だれもが持っており、だれもが口にし、だれもが①<u>分かっているつもり</u>で、しかも、あらためて考えてみるとその実体をつかむことができないもの、それが「こころ」ではなかろうか。こころは自分のなかのどのあたりにひそんでいるのであろうか。頭のなかか。胸のうちか。それとも腹の底か。「ものいわぬは腹ふくるる」などといい、「腹が立つ」といい、「腹を割って話そう」ともいい、「腹黒い」といった表現もあるところをみると、日本人はこころの所在をどうやら腹部あたりに考えてきたようである。しかし、「胸に秘める」「胸が痛む」「胸が騒ぐ」、あるいは、「胸に手を当てて考える」とか、「胸をなでおろす」というような言葉遣いから考えると、日本人はこころのありかを胸に求めてきたふうにもとれる。（　②　）、「あたま」「かしら」「こうべ」、すなわち頭部を用いた表現は意外に少ない。「あたまにきた」とか、「頭を使え」とか、「頭が悪い」、「頭が痛い」などともいうが、これらはいずれも近年の使い方で、表現の数から判断すると、③<u>日本人は長いあいだこころが胸と腹にすわっているように表象してきたのではあるまいか。</u>

（森本哲郎『日本語　表と裏』新潮文庫より）

（注1）ものいわぬは腹ふくるる：何も言わないのは気分が悪い　　（注2）秘める：表に出さずに隠しておく
（注3）ありか：存在する場所　　（注4）かしら、こうべ：頭　　（注5）表象する：表す

問1　①「分かっているつもり」とはどういうことか。

1．分かっていると思っているだけで、ほんとうはよく分からないということ

2．分かっていると思っていた通り、よく理解しているということ

3．前は分かっていたのに、今はよく分からないということ

4．これからよく理解しようと思っていること

問2　（　②　）に入る言葉として適当なものを選びなさい。

1．それというのも　　　　　2．そればかりか

3．それに対して　　　　　　4．それどころか

問3 筆者が下線部③のように考える理由、根拠として適当なものを選べ。

1．「腹」や「胸」を使う表現が少しあるから

2．「頭」という言葉を使う表現の数が多いから

3．「頭」を使う表現はいずれも近年の使い方だから

4．「頭」を使う表現に比べて、「腹」「胸」を使う表現が多いから

問題Ⅶ 次の文章を読んで、後の問いに答えなさい。答えは、１・２・３・４から最も適当なもの
を一つ選びなさい。

　机には木でできたもの、鉄のもある。夏の庭ではガラス製の机も見かけるし、公園には、コンクリートのものさえある。脚の数もまちまちだ。第一私が今使っている机には脚がない。壁に板がはめこんであって、造りつけになっている。また一本足の机があるかと思えば、会議用の机のように何本もあるのも見かける。形も、四角、円形は普通だし、部屋の隅で花瓶などをおく三角のものもある。高さは日本間で座って使う低いものから、椅子用の高いものまでいろいろと違う。

　こう考えてみると、机を、形態、素材、色彩、大きさ、脚の有無及び数といった外見的具体的な特徴から定義することは、殆ど不可能であることが分かってくる。

　そこで机とは何かといえば、「人がその上で何かをするために利用できる平面を確保してくれるもの」とでも言う他はあるまい。ただ生活の必要上、常時そのような平面を、特定の場所で確保する必要と、商品として製作するいろいろな制限が、ある特定の時代の、特定の国における机を、ほぼある一定の範囲での形や大きさ、材質などに決定しているにすぎない。だが、人がその上で何かをする平面はすべて机かといえば、（　①　）。たとえば棚は、今述べた机と②ほぼ同じ定義が当てはまる。家の床も、その上で人が何かをするという意味では同じである。そこで机を、棚や床から区別するために、「その前で人が何かをする、床と離れている平面」とでもいわなければならない。

　注意してほしいことは、この長ったらしい定義のうちで、人間側の要素、（　③　）、そこにあるものに対する利用目的とか、人との相対的位置といった条件が大切なのであって、そこに素材として、人間の外側に存在するものの持つ多くの性質は、④机ということばで表されるものを決定する要因にはなっていないということである。

　人間の視点を離れて、例えば室内に買われている猿や犬の目からみれば、ある種の棚と、机と、椅子の区別はできないだろう。机というものをあらしめているのは、全く人間に特有な観点であり、そこに机という物があるように私たちが思うのは、ことばの力によるものである。

（鈴木孝夫『言葉と文化』岩波新書より）

（注１）長ったらしい：不必要に長い　　（注２）あらしめる：存在させる

問1　（　①　）に入る適当なものはどれか。

1．そうであるかもしれない　　　　　　2．そうでないわけがない

3．必ずしもそうではない　　　　　　　4．絶対にそうではない

問2　②「ほぼ同じ定義」とは、たとえばどんな定義か。

1．「その上で人が何かをする平面」

2．「人が何かをする床と離れている平面」

3．「人がある程度の時間その前にいる平面」

4．「その前の人が座るか立つかする平面」

問3　（　③　）に入る適当なものはどれか。

1．つまり　　　　　2．もしくは　　　　3．ずばり　　　　4．むろん

問4　④「机ということばで表されるものを決定する要因にはなっていない」とはどういうことか。

1．机と人との相対的位置が、「机」ということばとは直接結びつくものではないということ

2．「机」ということばには、机自体がもついろいろな性質や利用目的が含まれているということ

3．机の具体的特徴ではなく、利用目的などが、「机」ということばの定義に必要となるということ

4．机に対して長ったらしい定義をしようとすると、人との相対的位置といった条件が必要となるということ

問題Ⅷ　次の文章を読んで、後の問いに答えなさい。答えは、1・2・3・4から最も適当なものを一つ選びなさい。

　地図は、物語だ。地図にしるされるのは、人々がそこで生きてきて、いまも生きている物語のしるし。物語はストーリー、そしてストーリーはヒストリー、（　①　）歴史だ。地図をたどることは、②その地図にきざまれている、歴史としての物語をたどることでもある。

　地図という物語の主人公はといえば、それは（　③　）だろう。ひろげておもしろいのは、北アメリカの地図だ。たとえば、「新しいあの世」という名の街がある。「読書」と言う名の街があれば、「旧い友達」という名の町もある。「幸運を祈る」という町もある。

　ある夏、「希望」という町をカナダの地図にみつけて、ふっとその町へゆきたくなって、北アメリカの国境にちかいその町まで、サンフランシスコから車で旅したことがある。理由なんてなかった。ただ、「希望」のあるところまで、一度ゆきついてみたかっただけだ。町にちかづくと、道をまたいで、Welcome to HOPE という細いアーチがあらわれ、その下をくぐると、そこが「希望」だった。
(注1)

山峡の、メイン・ストリート一本きりの、ちいさな町だった。町で一軒だけのレストランにはいって、昼食をとる。カリカリのトーストと、カナディアン・ベーコン・エッグ。それと、一杯の冷たいミルク。窓に並んだ花々の鉢と清潔なテーブル掛けが、とてもきれいだった。

　三日かけて訪ねたその町でしたことは、ただそれだけだ。そうして、こんどは町の反対側にでて、下を見ると肝を冷やすような谷に懸かったちいさな橋をわたって、かえってきた。「希望」は、どうということのない、ごく普通の、何もない町だったが、それはとてもたのしい旅だったし、④わたしはもちろん絶望なんかしなかった。あたりまえの人びとのあたりまえの暮らしが、あたりまえのものとして、そこにある。「希望」という名に今日ふさわしいのは、まさにそのことなのだと知ったからだ。

（長田 弘『地図』「散歩する精神」岩波書店より）

（注１）アーチ：弓形の門　　（注２）肝を冷やす：「危ない、こわい」と感じる

問１　（　①　）に入る最も適当なものはどれか。

　１．つまり　　　　　　２．もっぱら　　　　　３．ひいては　　　　　４．とりわけ

問２　②「その地図にきざまれている、歴史としての物語をたどる」の説明として最も適当なものは、どれか。

　１．その町の歴史を知るために、地図を見て、その町へ行ってみる。

　２．地図を見て、今その町の人々が生きている様子を知ろうとする。

　３．地図にしるされたものから、その土地の過去のできごとを知ろうとする。

　４．その土地の歴史を知るためには、地図がなければならない。

問３　（　③　）に入る適当なものはどれか。

　１．北アメリカ　　　２．地名　　　　　　３．歴史　　　　　４．生活

問４　④「絶望なんかしなかった」とあるが、それはなぜか。

　１．この旅が楽しくて、町が「希望」という名によく合っていたから。

　２．「絶望」しないことが「希望」である、とわかったから。

　３．あたりまえの人びとのあたりまえの暮らしがまさに「希望」だ、とわかったから。

　４．平凡でごく普通の暮らしこそ現代における「希望」なのだ、とわかったから。

問題Ⅸ 次の文章を読んで、後の問いに答えなさい。答えは、1・2・3・4から最も適当なもの
を一つ選びなさい。

　女性の方が男性よりも言語能力に優れている、という通説がある。これは、日本においてだけでな
く欧米でもそうらしい。日本では「女三人寄れば姦しい」というし、英語やフランス語でも似たこと
わざがあるという。そして、日本における調査もアメリカにおける調査も、言語能力に関しては、世
間の通説どおり女性が男性よりも優勢な傾向を示したという。本当に文字通りそうなのであろうか。

　ここで少し気にかかることがあって、調査の内容を検討し、①おもしろいことを発見した。心理学
者、東清和と小倉千加子によると、日本では、幼年期の子供を対象とした言語能力の調査には、初語
の発声、つづり、句読、語彙数、物の名前、言葉の流 暢 性などという比較的単純な検査のほか、文
章理解、作文、論理的推理における言語使用、などが含まれている。少年期のものには読解、つづり
のほかに、作文による表現力が出てくる。高校生以降の青年期を対象にした大規模な調査は行われて
いない。アメリカのヘジェズとノーウェルは、先に述べたような年代層を対象とした読み、書きの調
査をまとめている。つまり、言語能力の調査の対象は、ほとんど「読んだり」、「書いたり」すること
であることがわかる。したがってその結果から推論された、（　②　）、という言語能力は、読んだり、
書いたりする能力であるということができよう。

　ところで、一方、たいていの男性は、（　a　）のほうが（　b　）よりもおしゃべり、と思ってい
るようだ。また、口がたつ、とも思っているらしい。実際、（　c　）の長電話や井戸端会議は有
名だし、夫婦げんかでも、妻の言葉の攻撃は夫を圧倒するという③証言が多い。しかし、女である私
は、男性政治家や役人の巧言に常に感心させられているし、男性研究者の講演のうまさにも舌をまく。
言語能力のうち、この「話す」という能力には、はたして男女差があるのであろうか。この点に着目
した大規模な調査は、私の調べたかぎり、日本でもアメリカでも行われたことはないようである。

（田中冨久子『女の脳・男の脳』NHK ブックスより）

（注1）通説：一般に正しいと考えられていること　　（注2）姦しい：うるさい　　（注3）つづり：書き方
（注4）句読：読むときの切り方　　（注5）流暢性：なめらかなこと　　（注6）井戸端会議：主婦達のおしゃ
べり　　（注7）巧言：きれいに飾った上手な言葉　　（注8）舌をまく：びっくりする

問1　①「おもしろいこと」とは何か。

　1．「女三人寄れば姦しい」に似たことわざが英語やフランス語にもあること

　2．今までの言語能力の調査の対象が、ほとんど「読み書き」であること

　3．調査の結果、言語能力に関して女性が男性よりも優勢な傾向を示したこと

　4．高校生以降の青年期を対象にした大規模な調査が行われていないこと

問2　（　②　）に入る適当なものはどれか。

1．女性の方が勝っている

2．男性の方が勝っている

3．女性の方が劣っている

4．男性も女性もほぼ同じ

問3　③「証言」とは、どんなことを証明するものか。

1．女性が長電話をすること

2．女性が井戸端会議をすること

3．女性のほうがおしゃべりで口が立つこと

4．夫婦げんかで妻のほうが優勢であること

問4　（　a　）〜（　c　）に入る言葉の正しい組み合わせはどれか。

1．a：男　　　b：女　　　c：女

2．a：女　　　b：男　　　c：女

3．a：男　　　b：男　　　c：女

4．a：女　　　b：男　　　c：男

問5　筆者は「言語能力の男女差」についてどうだと言っているか。

1．読み書きの能力は女性の方が高いが、話す能力は男性の方が高いのではないか。

2．言語能力については、どの能力も通説通り女性の方が上である。

3．読み書きの能力は女性の方が高いが、話す能力も高いかどうかはわからない。

4．女性は読み書きの能力が男性より高いうえに、おしゃべりでもある。

総合問題　解答

問題Ⅰ　4　　**問題Ⅱ**　2　　**問題Ⅲ**　3　　**問題Ⅳ**　2　　**問題Ⅴ**　問1　1　　問2　2　　**問題Ⅵ**　問1　1　　問

2　3　　問3　4　　**問題Ⅶ**　問1　3　　問2　1　　問3　1　　問4　3　　**問題Ⅷ**　問1　1　　問2　3　　問

3　2　　問4　3　　**問題Ⅸ**　問1　2　　問2　1　　問3　3　　問4　2　　問5　3

総合問題　成績　＿＿＿／22点

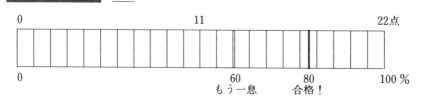

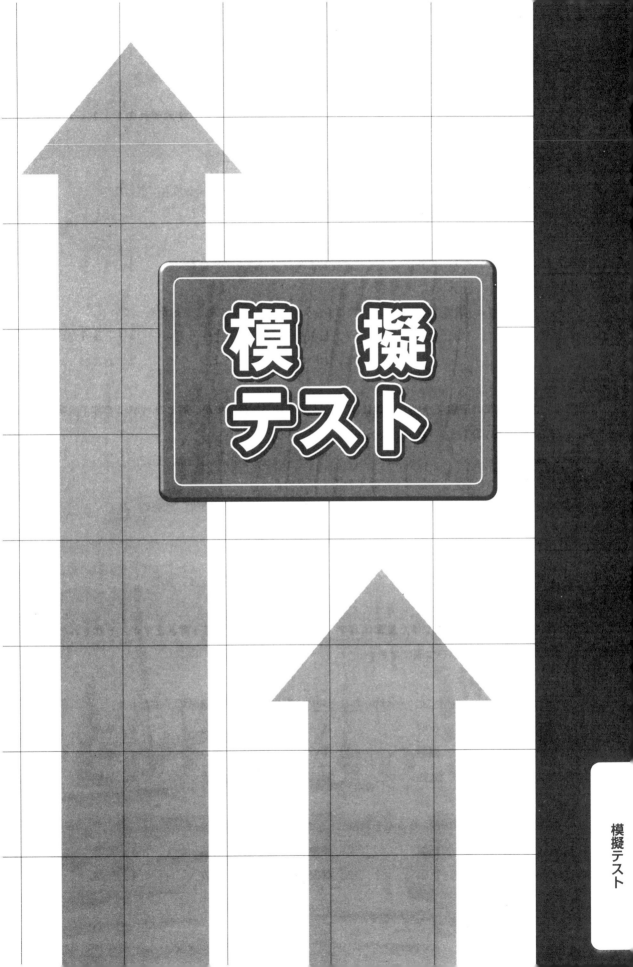

模擬テスト

文字・語彙

問題Ⅰ 次の文の下線をつけた漢字は、ひらがなでどう書きますか。それぞれの1・2・3・4から一つ選びなさい。

問1 空港建設に反対する(1)訴訟が起こされ、工事の(2)着工を延期する(3)措置が取られた。

(1) 訴訟　　　1．そうしょ　　2．そしょう　　3．そうしょう　　4．そしょ

(2) 着工　　　1．ちゃくこ　　2．ちゃっこ　　3．ちゃくこう　　4．ちゃっこう

(3) 措置　　　1．そち　　　　2．しゃくち　　3．そうち　　　　4．せっち

問2 事故による(1)渋滞の影響は一般道路にも(2)及び、付近の数カ所で交通が滞っている。

(1) 渋滞　　　1．じゅうたい　2．しぶたい　　3．じょうたい　　4．じゅうだい

(2) 及び　　　1．きゅうび　　2．おいび　　　3．よび　　　　　4．および

問題Ⅱ 次の文の下線をつけた漢字は、ひらがなでどう書きますか。同じひらがなで書く漢字を、それぞれの1・2・3・4から一つ選びなさい。

問1 この記事の要旨をかんたんにまとめてください。

1．用紙　　　　　2．幼児　　　　　3．用事　　　　　4．幼稚

問2 健康は幸福の一つの条件である。

1．交付　　　　　2．降伏　　　　　3．興奮　　　　　4．克服

問題Ⅲ 次の文の下線をつけた言葉は漢字（漢字とひらがな）でどう書きますか。それぞれの1・2・3・4から一つ選びなさい。

問1 (1)かくめいや民族対立。大人の(2)あらそいの(3)ぎせいになるのは常に子供たちだ。

(1) かくめい　1．核明　　　2．革明　　　3．核命　　　4．革命

(2) あらそい　1．闘い　　　2．争い　　　3．競い　　　4．戦い

(3) ぎせい　　1．義性　　　2．議政　　　3．儀姓　　　4．犠牲

問2 核実験の開始は国際(1)せろんを刺激し、(2)こうぎと反対の声が強まった。

(1) せろん　　1．正論　　　2．戦論　　　3．世論　　　4．背論

(2) こうぎ　　1．抗議　　　2．講義　　　3．広義　　　4．公議

問題IV　次の文の下線をつけた言葉の二重線（＝＝）の部分は、どのような漢字を書きますか。

　　　　同じ漢字を使うものを、1・2・3・4から一つ選びなさい。

(1)　彼は不動産の<u>ばいばい</u>で大きな利益を得たらしい。

　　1．国民の<u>こうばい</u>意欲が落ちている。　　2．会社は事故の<u>ばいしょう</u>きんを払った。

　　3．<u>ばいう</u>に入ると、湿気が多くなる。　　4．収入が<u>ばいぞう</u>するなんて、夢みたいだ。

(2)　国の経済は上向いているらしいが、<u>しょみん</u>の生活は相変わらず苦しい。

　　1．父は今<u>しょさい</u>で仕事をしている。　　2．社長は来月<u>しょじゅん</u>に訪米される。

　　3．<u>しょむ</u>かに電話して、問い合わせた。　　4．責任者は厳重に<u>しょばつ</u>される。

問題V　次の文の_____部分に入れるのに最も適当なものを、1・2・3・4から一つ選びなさい。

(1)　花が咲いた後に、実が_____。

　　1．する　　　　　2．なる　　　　　3．とる　　　　　4．でる

(2)　そのホテルは山の_____にあって眺めがいい。

　　1．中腹　　　　　2．中頃　　　　　3．中途　　　　　4．中間

(3)　最近の子供は、背が伸びたが、体つきが_____で、骨が弱いと言われている。

　　1．こまやか　　　2．きゃしゃ　　　3．しとやか　　　4．うつろ

(4)　はじめは少し難しいけれど、一度_____をつかめば、あとは楽になるでしょう。

　　1．手際　　　　　2．手段　　　　　3．めど　　　　　4．こつ

(5)　_____や救急車のサイレンの音を聞かない日はない。事故はいっこうに減らないようだ。

　　1．スピーカー　　2．レンタカー　　3．パトカー　　　4．スポーツカー

(6)　何度も同じ話を聞かされて、もう_____した。

　　1．うんざり　　　2．あきらめ　　　3．あやふや　　　4．てっきり

(7)　あの子は足が速くて、動きが_____。

　　1．たくましい　　2．すばしこい　　3．しぶとい　　　4．すがすがしい

文法

問題Ⅰ　次の文の（　　　）に入る最も適当なものを、1・2・3・4 から一つ選びなさい。

(1)　今日は朝からいいこと（　　　）、気分がとてもいい。

　　1．めいて　　　　　　2．だらけで　　　　　3．まみれで　　　　4．ずくめで

(2)　あんな器用な彼に（　　　）作れなかった物だ。僕なんかには作れっこない。

　　1．こそ　　　　　　　2．して　　　　　　　3．しろ　　　　　　4．とって

(3)　わが社は今回の台湾進出（　　）、今後海外に進出していく予定である。

　　1．をはじめて　　　2．とばかりに　　　3．をかわきりに　　　4．とあいまって

(4)　大学進学を決めた以上、合格する（　　　）頑張らなければならない。

　　1．ごとく　　　　　　2．べく　　　　　　　3．ゆえ　　　　　　4．まじく

(5)　ようやくたどり着いた山の頂上で飲んだビールのうまさ（　　　　）。

　　1．といったところだ　　　　　　　　2．といったらない

　　3．というまでだ　　　　　　　　　　4．というにかたくない

(6)　会社が総力をあげて取り組む（　　　）、この問題を解決することは不可能だ。

　　1．だけに　　　　　　2．ことから　　　　　3．ばかりに　　　　4．ことなしに

(7)　教養ある紳士（　　　）、礼儀を欠くことがないよう常に心がけねばならない。

　　1．たるもの　　　　　2．なるとも　　　　　3．たりとも　　　　4．ならでは

(8)　社長の命令（　　　）、長期の出張も引き受けざるを得ない。

　　1．としても　　　　　2．にせよ　　　　　　3．にしては　　　　4．とあれば

(9)　彼女が優勝する（　　　）、夢にも思わなかった。

　　1．とて　　　　　　　2．かは　　　　　　　3．かと　　　　　　4．とは

(10)　この仕事を頼めるのは、君（　　　）ほかにはいない。

　　1．ばかりか　　　　　2．をおいて　　　　　3．にしては　　　　4．とはいえ

(11) 市価よりも2、3割安い（　　　　）、商品はあっという間に売り切れてしまった。

　　1．とすると　　　　　2．とあって　　　　　3．ともなれば　　　　4．といえども

(12) 努力を認めていただけるとは、うれしい（　　　）です。

　　1．だけ　　　　　　　2．かぎり　　　　　　3．ばかり　　　　　　4．まで

(13) 断りなしに部屋に入ってくるとは、無作法（　　　　）。

　　1．たえない　　　　　2．やまない　　　　　3．にいたる　　　　　4．きわまりない

(14) 彼女は、体は細いが、登山のときは60kg（　　　　）荷物を背負って歩くという。

　　1．さえする　　　　　2．すらある　　　　　3．からある　　　　　4．からする

(15) 結婚式に出席する（　　　　）しない（　　　　）、お祝いを贈るつもりだ。

　　1．が、が　　　　　　2．につけ、につけ　　3．にしろ、にしろ　　4．といわず、といわず

問題Ⅱ　次の文の（　　　　）に入る最も適当なものを、1・2・3・4から一つ選びなさい。

(1) 仕事をするといっても、あいつの場合は机の前にすわっている（　　　　）。

　　1．にすぎない　　　　2．きらいがある　　　3．までのことだ　　　4．にかたくない

(2) 大企業が相次いで倒産するという事実を知らされて、（　　　　）。

　　1．驚かないではおかない　　　　　　　2．驚くまでもない

　　3．驚きを禁じ得ない　　　　　　　　　4．驚くというものでもない

(3) 取材とはいえ、女一人で戦場に行くなんて、危険としか（　　　　）。

　　1．いったらない　　2．いうわけもない　　3．いいようがない　　4．いえないこともない

(4) この事件は解決まで（　　　　）、犯人はすぐに逮捕された。

　　1．時間がかかるまいと思いきや　　　　2．時間がかかると思いきや

　　3．時間はかからないまでも　　　　　　4．時間がかかるにしても

(5) 若い女性が積極的なのにひきかえ、（　　　　）。

　　1．男性のほうが積極的だ　　　　　　　2．男性は消極的になりがちだ

　　3．男性も積極的だ　　　　　　　　　　4．男性は消極的にならざるを得ない

読解

問題Ⅰ 次の文章を読んで、後の問いに答えなさい。答えは、1・2・3・4から最も適当なもの
　　　　を一つ選びなさい。

　人が農業生産を始めたとき、作物の植えつけ時期のような重要な事柄を記録しておく必要が生じた。
（　①　）、彼らはカレンダーを持たねばならなかったのである。

　カレンダーというのは、一年単位で「カチカチ動く」時計であって、時計の針は太陽のまわりをま
わる地球である。そして、カレンダーの位置によって季節が決まるのである。

　カレンダーを作るうえで基本的な問題は、一年の日数が本当はきちんと割り切れないということで
ある。カレンダーは日で年を計測するものであるが、カレンダーの歴史は年の本当の長さをどう近似_{（注1）}
するかという②改良の連続であった。

（ジェームス・トレフィル著『科学1001の常識』ブルーバックスより）

（注1）近似する：近づける

問1　（　①　）に入る適当な言葉を選びなさい。

　1．ところで　　　　　2．いいかえれば　　　3．しかしながら　　　4．とはいっても

問2　②「改良の連続」が必要であったのは、なぜか。

　1．昔のカレンダーは正しい計算に基づいていなかったから。

　2．一年の日数が割り切れないために正しいカレンダーが作れないから。

　3．1年の本当の長さがわかっていなかったから。

　4．カレンダーは日で年を計測するものだから。

問題Ⅱ 次の文章を読んで、後の問いに答えなさい。答えは、1・2・3・4から最も適当なもの
　　　　を一つ選びなさい。

　従来から、日本人は日本人論が好きであり、多くの議論がなされてきた。しかし、現実の国際関係
においては空しいものであったといえる。日本人論の流行は一種の心理的ナショナリズムであって、
日本人の自意識を満たすだけのものであり、むしろ（　①　）という酷評_{（注2）}すら出てきている。そう_{（注1）}
いう自意識を動力源としたアプローチにかわって「文化摩擦」論という視点のほうがだいじになろう
としている。つまり、理論的に究められた日本人像をさまざまな非日本的な状況下においてみて、そ_{（注3）}
こでどのような現象が生じるのか、どういう火花が散るのかを考えようという考え方である。つまり
日本人の国民性それ自体を問題にすることも、また日本人を海外に向けて自己紹介するというような
一方的行為も、ともに相対的な意味しかない。基本的な考え方は、世界の何千何万という文化を、ひ

とつひとつとりあげて、「ぶつけあわせる」こと、そしてそれから生まれる変化を見極めようとすることでなければならない。

　たとえば、東南アジアと日本との関係では、反日論がわきあがるたびに、人々は行動規範を作ったり、援助を考えたりしたが、抜本的解決にはならなかった。問題はもっと底の深いところにあり、それをとらえないと、望ましい対応にはならないのである。ただ、相手の国ぐにの風俗習慣といった知識をもつだけでは足りないのであって、東南アジアの文化の総体(注5)と日本人の文化の総体とをぶつけあわせ、（　②　）を考えてみることが大切なのである。

　ただ、世の中には文化摩擦をみごとに避ける文化を内在させた「文化」もあれば、異文化と接するとたちまち火を吹く「文化」もある。

A　また、文化摩擦を避ける文化を内在させた文化の注目すべき例として、世界の数多くの少数民族があげられる。かれらの文化の顕著(注6)な特徴は、一種族の全員がまったくおなじ衣装・装飾をしており、一見しただけでかれらの違いを識別できるということである。それにより、みごとに縄張り(注7)をつくり、文化摩擦を生じることなく住み分けをしている。この文化摩擦を避ける少数民族の文化のありさまを、国際社会に拡大できないかという問い掛けすら成り立つ。

B　たとえば、インド人は世界のどこへ行ってもカルチャーショック(注8)をおこさないと言われる。その理由をつきつめていくと、カースト制度(注9)に行きあたる。インド人にとってのカーストは、自己を規定する第一の規準であって、「ブラーフマン」であれば国の内外のどこにいようが自らは「ブラーフマン」であると規定する。どこへ行ってもカーストの掟(注10)のままにふるまうから、かれらにはまったくカルチャーショックの苦しみはない。

C　ところが、日本人は、国内でどんなエリート(注11)であると自負(注12)していても、いざ外の文化のなかにおかれると、「しがない(注13)一在留邦人(注14)」であるという無力感に否応なく(注15)とらわれてしまう。日本人どうしで身を寄せあって日本人社会をこしらえて、はじめて自分を確かめる場を作ることができる。日本人は一人では、自己規定ができないのである。

（矢野　暢『国際化の意味』NHKブックスより）

（注1）ナショナリズム：国家主義　（注2）酷評：厳しい批評　（注3）究める：明らかにする　（注4）抜本的解決：根本の原因を除いて問題を解決すること　（注5）総体：全体　（注6）顕著な：はっきりした　（注7）縄張り：領域　（注8）カルチャーショック：文化の違いを知って感じるショック　（注9）カースト制度：インドの身分制度　（注10）掟：規則　（注11）エリート：選ばれた人　（注12）自負する：自分の力を信じて誇る　（注13）しがない：つまらない　（注14）在留邦人：外国に住む日本人　（注15）否応なく：いやでも無理に

問1　A～Cの文の順番は正しくありません。正しく並び変えると、どうなりますか。

1．C→B→A　　　　2．A→C→B　　　　3．C→A→B　　　　4．B→C→A

問2　（　①　）に入る適当な言葉を選びなさい。

1．危険である　　　2．正確である　　　3．妥当である　　　4．重大である

問3　（　②　）に入る適当なものを選びなさい。

1．どのような行動規範が作れるか　　　2．どこが噛みあい、どこで火花が散るのか

3．どうしたら十分な援助ができるか　　　4．何が必要で何が必要でないのか

問4　ア、イ、ウ、エは次の表のA、Bどちらに入りますか。

ア．カースト制度　　　イ．在留邦人

ウ．縄張り　　　エ．少数民族

| 文化摩擦がある | A |
| 文化摩擦がない | B |

1．A：イ　　　　　　　B：ア、ウ、エ　　　　2．A：ア、ウ　　　B：イ、エ

3．A：ア、イ、ウ　　　B：エ　　　　　　　　4．A：イ、ウ　　　B：ア、エ

問題Ⅲ　次の文章を読んで、後の問いに答えなさい。答えは、１・２・３・４から最も適当なもの
**　　　　を一つ選びなさい。**

　日本にやって来たフランス人が、五月五日は、なぜ、祭日なのか、とたずねた。

「こどもの日です」と、私は答えた。

「私の国には、こんな、こころやさしい祭日はない」

　と、フランス人は、①ためいきをもらした。彼は、ある遊園地に行って、これはどういうところか、と質問した。

「子どもの国です」と、私は答えた。

「日本は、なんて子どもを大切にする国だろう。私の国は、こんな名前の遊園地を聞いたことがない」

　その、フランス人が、十年日本で暮してから、私にいった。

「日本の子どもには、たった一日だけ、こどもの日があり、子どもの国しか、子どものための場所がないのですね」

「どうも、②そうらしいです」と私は答えた。

「こどもの日」がくると、私はそのことを、いつも思い出すのである。こどもの日がなくなり、三六五日を、子どもが大人と共有することが出来ればよい。三六五日のうち、一日を、お前のものだと子どもに与え、猫の額ほどの土地を、子どもたちに、お前たちのものだと与え、三六四日は、おれのものだとする大人、大部分の日本の土地から、子どもを追いだした大人、空地にはかこいがされ道路は自動車が子どもを追い払う。子どものあそび場は街にはなくなった。私は、その大人の子どもに対す
(注1)

る負い目を、この日になると感じるのである。(中略)
（注2）

　都会の日常では、道路から、広場から、公園の芝生から、子どもは追放される。そして、子どもの事故死が、空地の放置された冷蔵庫が原因だと報じられる。また、大人の事故死で、孤児が生まれる。
（注3）　　　　　　　　　　　　　　（注4）
これが、子どもの国を一歩出たところで起こっている日常なのである。子どもは、子どもらしく、学生は学生らしく、娘は娘らしく、そうした、とりつくろわれた何となくまっとうに響く言葉のなかで、
（注5）　　　　　　　　　　　（注6）
限りなく差別されて、日本の子どもは生活している。そして、現在の子どもは過保護を受けているという③神話が、皮肉にも、この日本で語られる。過保護が存在しないとはいわない。しかし過保護は、社会から子どもが疎外されたために、個々の親が一人一人で、自分の子どもをまもろうとするところ
（注7）
から生れた反動であるだけだ。
（注8）

　実際にあるのは過保護ではなく、子どもに対する過干渉だけ。私は（　④　）が、一日だけ作られる時がくればいいと思うが。　　　　　　　　（なだいなだ『透明人間、街をゆく』文藝春秋より）

（注1）かこい：ある場所を塀などで囲むこと　　（注2）負い目：相手に対して自分のほうが悪いと思う気持ち　　（注3）放置：そのままにして、何もしないこと　　（注4）報じる：報道する、知らせる　　（注5）とりつくろう：都合の悪いことをかくすために、表面だけよく見せる　　（注6）まっとう（な）：悪いところがない　　（注7）疎外：集団から追い出すこと　　（注8）反動：あることに対して起こる反対の動き

問1　①「ためいき」は、どのような気持ちを表すか。
　1．日本がうらやましいと思う気持ち
　2．日本の子どもがかわいそうだと思う気持ち
　3．フランスには祭日が少なくて残念だ、という気持ち
　4．フランスに「子どもの国」という遊園地がないのは残念だ、という気持ち

問2　②「そう」は、どのようなことを表すか。
　1．日本には子どものための場所が一つあるということ
　2．日本には「子どもの日」が一日あるということ
　3．日本は子どもを大切にしない国だということ
　4．日本は子どもを大切にする国だということ

問3　③「神話」という言葉は、この文章では、どのような意味で使われているか。
　1．都会の人が日常的に考えていること
　2．うそのように思えるが、実は真実であること
　3．古代の人が作り、現代までずっと伝えられている話
　4．絶対に真実だと考えられているが、実は真実ではないこと

問 4　（　④　）の中に入る最も適当なものはどれか。

　1．子どもの国　　　2．子どもの日　　　3．大人の国　　　4．大人の日

問 5　この文章で筆者が最も強く言いたいことは、どのようなことか。

　1．子どもの日がくると、いつも子どもに対する負い目を感じるということ

　2．フランスには「子どもの日」「子どもの国」がないのに、日本にはあるということ

　3．日本では一見子どもが大切にされているように見えるが事実は逆であるということ

　4．日本の子どもは過保護を受けているのではなく過干渉を受けているのだということ

模擬試験　解答

文字・語彙　解答

問題Ⅰ［4点×5問］　問1 (1) 2　(2) 4　(3) 1　問2 (1) 1　(2) 4

問題Ⅱ［5点×2問］　(1) 1　(2) 2

問題Ⅲ［5点×5問］　問1 (1) 4　(2) 2　(3) 4　問2 (1) 3　(2) 1

問題Ⅳ［5点×2問］　(1) 1［売買　1．購買　2．賠償　3．梅雨　4．倍増］　(2) 3［庶民 1．書斎　2．初旬　3．庶務課　4．処罰］

問題Ⅴ［5点×7問］　(1) 2　(2) 1　(3) 2　(4) 4　(5) 3　(6) 1　(7) 2

文字・語彙　成績　／100点

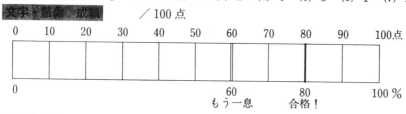

文法　解答

問題Ⅰ［5点×15問］(1) 4　(2) 2　(3) 3　(4) 2　(5) 2　(6) 4　(7) 1　(8) 4　(9) 4　(10) 2 (11) 2　(12) 2　(13) 4　(14) 3　(15) 3

問題Ⅱ［5点×5問］(1) 1　(2) 3　(3) 3　(4) 2　(5) 2

文法　成績　／100点

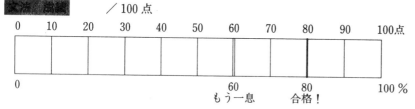

読解　解答

問題Ⅰ［9点×2問］　問1　2　問2　2

問題Ⅱ［問1　10点×1問　問2～4　9点×3問］　問1　4　問2　1　問3　2　問4　1

問題Ⅲ［9点×5問］　問1　1　問2　3　問3　4　問4　4　問5　3

読解　成績　／100点

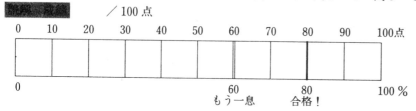

著者略歴

星野恵子（ほしの　けいこ）

東京芸術大学音楽学部卒業（専攻：音楽学）。名古屋大学総合言語センター講師などを経て、現在、ヒューマン・アカデミー日本語学校主任講師、エコールプランタン日本語教師養成講座講師。共著書に、『実力アップ！日本語能力試験』シリーズ、『にほんご90日』（いずれもユニコム）がある。

辻　和子（つじ　かずこ）

京都大学大学院農学研究科修士修了。弥勒の里国際文化学院日本語学校専任講師、富士国際学院日本学校講師を経て、現在、ヒューマン・アカデミー日本語学校東京校専任講師。共著書に『にほんご90日』（ユニコム）がある。

村澤慶昭（むらさわ　よしあき）

筑波大学第二学群日本語・日本文化学類卒業、東京大学大学院医学系研究科修了。横浜国立大学、東京音楽大学、國學院大學、東京国際大学付属日本語学校講師。共著書に、『にほんご90日』（ユニコム）『にほんごパワーアップ総合問題集』（ジャパンタイムズ）などがある。

日本語文法入門

吉川武時　　著

楊德輝　　譯

定價：250 元

日本語教師必攜！

您想建立日語文法良好的基礎嗎？本書針對日文學習者的

需要，不僅內容使用了大量的圖表，而且說明簡潔、講解淺顯易

懂，尤其值得一提的是，本書突破一般文法書的規格，將日語文

法和其它國家語言的文法對照，以其建立學習者的良好基本概

念，所以實在可說是一本教學、自修兩相宜的實用參考書！

日本アルク授權　　　鴻儒堂出版社發行

鴻儒堂出版社 日本語能力試驗系列

1級受驗問題集
日本語能力試驗 2級受驗問題集
3級受驗問題集

松本隆・市川綾子・衣川隆生・石崎晶子・瀨戶口彩　編著

　　本系列書籍的主旨，是讓讀者深入了解每個單元所有的問題，並對照正確答案，找錯誤癥結的所在，最後終能得到正確、完整的知識。每冊最後均附有模擬試題，讀者可將它當成一場真正的考試，試著在考試的時間內作答，藉此了解自己的實力。

每冊書本定價：各 180 元
每套定價（含錄音帶）：各 420 元

1級 日語能力測驗對策 2回模擬考
石崎晶子/古市由美子/京江ミサ子　編著
2級 日語能力測驗對策 2回模擬考
瀨戶口彩/山本京子/淺倉美波/歌原祥子 編著

　　以 2 回模擬考來使日語實力增強，並使你熟悉正式日語能力測驗時的考試題型，熟能生巧。並有 CD 讓你做聽力練習，兩者合用，更可測出自己的實力，以便在自己的弱點上多作加強。

書本定價：各 180 元
每套定價（含 CD2 枚）：各 580 元

これで合格日本語能力試驗 1 級模擬テスト
これで合格日本語能力試驗 2 級模擬テスト

衣川隆生・石崎晶子・瀨戶口彩・松本隆　編著

　　本書對於日本語能理測驗的出題方向分析透徹，同時提供了答題訣竅，是參加測驗前不可或缺的模擬測驗！

書本定價：各 180 元
每套定價（含錄音帶）：各 480 元

日本語能力試驗 1級に出る重要單語集

松本隆・市川綾子・衣川隆生・石崎晶子・野川浩美・松岡浩彦
山本美波　編著

◆本書特色

* ＊ 有效地幫助記憶日本語 1 級能力試驗常出現的單字與其活用法。
* ＊ 左右頁內容一體設計，可同時配合參照閱讀，加強學習效果。
* ＊ 小型 32 開版面設計，攜帶方便，可隨時隨地閱讀。
* ＊ 可作考前重點式的加強復習，亦可作整體全面性的復習。
* ＊ 例文豐富、解說完整，測驗題形式與實際試驗完全一致。
* ＊ 索引附重點標示，具有字典般的參考價值。

書本定價：200 元

一套定價（含錄音帶）：650 元

日本語能力試驗漢字ハンドブック

アルク日本語出版社編輯部　編著

　　漢字是一字皆具有意義的「表意文字」就算一個漢字有很多的唸法，但只要知道漢字意思及連帶關係就可以掌握漢字，所以只要認得一個漢字，就可以記住幾個有關聯的單字。本辭典為消除對漢字的恐懼，可以快速查到日常生活中用到的漢字意思及使用方法而作成的。而且全面收錄日本語能力試驗 1~4 級重要單字。

定價：220 元

アルク授權

鴻儒堂出版社發行

理解日語文法

（原書名為：よくわかる文法）

藤原雅憲　編著

定價：250 元

　　一般人對文法的印象不外乎有很多的整理的表格，及令人頭痛的複雜形式，本書希望大家不要對學習日語文法這件事產生恐懼或排斥，重新把自己當成一個初學者來學習。

　　第一章~第八章是講解文法，第九章是文法指導，第十章是文字・表記。要如何構成一篇文章是本書的重點，特別希望初級學習者能有此概念，並將基本的基礎打穩。現在市面上雖然有各式各樣、許許多多有關文法的書籍，但本書希望能真正帶給學習者的是紮實且穩固的良好基礎！是本值得購買的書籍。

日本アルク授權　鴻儒堂出版社發行

國家圖書館出版品預行編目資料

日本語測驗 STEP UP 進階問題集＝Self-garded
Japanese language test progressive
exercises advanced level.　上級 ／ 星野惠子，
辻 和子，村澤慶昭著．　-- 初版．　-- 臺北市：
鴻儒堂，民 90
　　　　面；公分

　ISBN　957-8357-33-8 (平裝)

　1.日本語言—問題集

803.189　　　　　　　　　　　　90007365

自我評量法

日本語測驗　STEP UP

進階問題集 上級

Self-graded Japanese Language Test Progressive Exercises
Advanced Level

定價：200 元

2001 年(民 90 年)6 月初版一刷
本出版社經行政院新聞局核准登記
登記證字號：局版臺業字 1292 號

著　　　者：星野惠子・辻 和子・村澤慶昭
發　行　人：黃成業
發　行　所：鴻儒堂出版社
地　　　址：台北市中正區開封街一段 19 號 2 樓
電　　　話：23113810・23113823
電話傳真機：23612334
郵 政 劃 撥：01553001
E — mail：hjt903@ms25.hinet.net

凡有缺頁、倒裝者，請向本社調換
本書經日本アルク授權出版